Heinz Langer

Grimmige Märchen

Büchergilde Gutenberg

Vorwort und Textauswahl von Lothar Borowsky
Herausgegeben vom Cartoon-Caricature-Contor, München

Lizenzausgabe für die Büchergilde Gutenberg,
Frankfurt am Main, Olten, Wien,
mit freundlicher Genehmigung des
Heinrich Hugendubel Verlages, München
© Heinrich Hugendubel Verlag, München 1984
Alle Rechte vorbehalten
Lithographie: Reprotechnik Böttner GmbH, München
Satz: Otto Gutfreund, Darmstadt
Druck und Bindung: Druckerei Appl, Wemding
ISBN 3-7632-3004-1   Printed in Germany 1985

INHALT

Vorwort	6
Dornröschen	8
Der Wolf und die sieben Geißlein	12
Schneewittchen und die sieben Zwerge	16
Rumpelstilzchen	28
Tischchen deck dich, Goldesel und Knüppel aus dem Sack	32
Hänsel und Gretel	40
Der Froschkönig oder der eiserne Heinrich	46
Aschenputtel	52
Rotkäppchen	58
Der gestiefelte Kater	62
Frau Holle	66
Rapunzel	70
Die Bremer Stadtmusikanten	76
Daumesdick	76
König Drosselbart	78
Das tapfere Schneiderlein	80
Brüderchen und Schwesterchen	82
Der Hase und der Igel	84
Die Sterntaler	86
Hans im Glück	88
Märchen von einem, der auszog, das Fürchten zu lernen	90
Der Zaunkönig	92
Von dem Fischer und syner Fru	94
Schneeweißchen und Rosenrot	96
Die sieben Schwaben	98
Das Wasser des Lebens	100
Die Wichtelmänner	102
Die goldene Gans	104
Der Geist im Glas	106
Einäuglein, Zweiäuglein und Dreiäuglein	108
Der süße Brei	110
Doktor Allwissend	112
Das Lumpengesindel	114
Meister Pfriem	116
Die Rübe	118
Der Froschkönig oder der eiserne Heinrich	120
Jorinde und Joringel	122
Die beiden Königskinder	124

Am 4. Januar 1985 (Jakob) und am 24. Februar 1986 (Wilhelm) jährt sich zum 200. Mal der Geburtstag der Brüder Grimm, jener beiden vielseitigen Hessen, mit denen die Wissenschaft von deutscher Sprache, Dichtung und Sage nach neuerem Verständnis beginnt. Stets gemeinsam arbeitend publizierten sie 1812 erstmals die »Kinder- und Hausmärchen«. Diese Oldies der Märchenliteratur, meist von Erwachsenen wehmütig gelesen, führen seither ungebrochen die Hit-Listen vor Bechstein, Andersen, Musäus und den anderen. Jeder neuen Generation, die diese Märchen vorfindet, haben sie sich bald erschlossen und das bei Großmüttern, die auch längst nicht mehr das sind, was sie einmal waren.

Es gilt sich also dieses runden Geburtstages dankbar zu erinnern und wie bei derlei Anlässen üblich, wird es an klugen Festschriften nicht fehlen. Wir hängen daher gerne unseren Beitrag zum Grimm-Jahr in den Aufwind der gelehrten Thermik, denn die beiden Brüder werden inzwischen von den Germanisten gleichermaßen in Anspruch genommen, wie von den Volkskundlern, den Mythologen und den Psychologen.

Es wäre daher unbillig, das Abfackeln bevorstehender Festlichkeiten ausschließlich den Gelehrten zu überlassen, die seit 1812 noch nicht hinreichend die Lesart zwischen Aschenbrödel und Aschenputtel klären konnten.

Dieses Problem gilt seither jeder neuen Germanistengeneration als philologischer Leckerbissen und der Forscher, der den Beweis mit bündiger Stringenz führen könnte, wann zu brödeln, wann zu putteln sei, ist auf weite Sicht nicht auszumachen. So verläuft weiter ungehindert ein Haarriß durch ein Volk und spaltet es in Brödler und Puttler. Wie Dornröschen im Rosenhag schlummert das Problem und harrt des erlösenden Gelehrtenkusses.

Heinz Langer hat das feiste Päckchen Grimmscher Märchen neu gesichtet und einen bislang von der Forschung vernachlässigten Aspekt herausgearbeitet und diesen auf den Punkt gebracht. Dabei fand sich, daß einige Märchen doppelt geführt wurden, erst plattdeutsch und dann wieder in feinziselierter, hochdeutscher Prosa. Dieses Umfang schindende Vorgehen ist nun wirklich heutzutage, in der Endphase des Lesezeitalters, nicht mehr zeitgemäß; somit wurde der Text auf das Wesentliche und ausschließlich der Illumination der Zeichnungen dienend, behutsam reduziert. Schließlich kann man nicht mehr so wie vor 170 Jahren ungestraft in ein Thema einsteigen:

»In den alten Zeiten, wo das Wünschen noch geholfen hat, lebte ein König, dessen Töchter waren alle schön, aber die Jüngste war so schön, daß die Sonne selber, die doch vieles gesehen hat, sich verwunderte, sooft sie ihr ins Gesicht schien.«

Was unserer Zeit not tut, ist die interdisziplinäre Sicht der Brüder Grimm. Aktualisiert, ihrer fabulierenden Geschwätzigkeit entkleidet, sind so ihre Märchen durchaus in unsere Zeit herüberzuretten.

Indessen, auch die Brüder Grimm hatten es damals nicht leicht und taten sich ebenfalls schwer, ihre alten Stoffe aktuell anzubieten.

Auf ihren Wanderungen durch Hessen erzählte man ihnen nicht nur, wie uns die Forschung glauben machen möchte, die Hits unter den damals kursierenden Märchen, sondern oft auch jahrhundertealten trüben Muff und dumpfes Geraune, dem Wilhelm, der Verbalakrobat unter den Brüdern, sprachlichen Glanz überzog und deren dunklen Kern er sinngebend formte.

Als Jakob in einem Frankfurter Antiquariat von Charles Perrault (1628–1703) die »Feenmärchen aus alter Zeit« fand, bestimmt für die Prinzen von Geblüt am Hofe Ludwigs XIV., stand das monarchistisch gespickte Hauptstück der »Kinder- und Hausmärchen« fest. Um deren Herkunft zu vertuschen, tümelte er sie etwas deutsch um, lokalisierte sie in die Gegend von Marburg und gab als Quelle die Erzählungen einer aus Frankreich ihres Glaubens wegen verfolgten Hugenottin an, die so ausgesehen haben soll:

Ein Schelm, der glaubt, wir merkten solche Flunkereien nicht. So wurde aus dem »Petit chaperon rouge« das Rotkäppchen und aus »La belle au bois dormant« das Dornröschen.
Um die alten französischen Stories in die grimmsche Gegenwart einzubinden, wurde damals schon kräftig getrixt, verschmitzt nach Professorenart.

Heute haben wir andere Sorgen. Wie erzählt, wie präsentiert man Grimms Märchen der Generation zwischen Marlboro und Easy Rider. Schließlich möchte man sie nicht zur Kulisse von Freizeitparks und Disneylands, diesen Ikonen modernen Fortschritts, verkommen lassen. Mit dem Fortfall der klassischen Großmutter, die noch das Silberhaar zum Dutt gezurrt im Nacken trug, verschwand der beste Kenner und einfühlsamste Interpret. Das heutige Omabild ist geprägt von der Fernsehwerbung, und dort ist die Omi adrett und stromlinienförmig, heißt Uschi oder Elsbeth, joggt, den Walkman im Ohr, täglich im Englischen Garten und hält sich mit Aerobic fit. Sie hat mit Grimms Märchen absolut nichts am Hut, sie findet Denver dufte.

Aus der Klemme hilft da Bruno Bettelheim, der es wissen muß. »Märchen sind unrealistisch, aber nicht unwahr«. Genau das ist es. Darauf mußte einer kommen. Und kurz nach dem Aha-Erlebnis und unter solch gelehrtem Flankenschutz entstanden die nun folgenden Blätter. Sehr viel Gegenwart ist eingeflossen, aber auch Gemüt und Innerlichkeit.

Der atarispielende Computerfreak, der weiß, wie man sich in das Datennetz der Oberpostdirektion hackert, gehört ebenso zur Zielgruppe der Langerschen Grimm-Rezeption, wie der sanfte Grüne, der scheu die Frage aufwirft, wie sich bitte ein mit Lebkuchenschindeln bedecktes und mit allerlei süßem Naschwerk verkleidetes Hexenhaus bei saurem Regen verhält.
Und auch an den Hobby-Koch ist gedacht. Seine Frage nach der Grundausstattung des Tischlein-deck-dich, bildet der Kern eine Pizza oder ist es nicht doch ein Witzigmann-Menu, und ist der Wein in der vertrauten 7/10 ltr Flasche oder kommt er gar in Dosen auf den Tisch – all dies wird ebenso erschöpfend wie launig behandelt.

Der geneigte Leser und Betrachter wird im Folgenden daher dankbar die Entmythologisierung der Grimmschen Märchen begrüßen und ihre behutsame Aktualisierung wertschätzen, denn die »Kinder- und Hausmärchen«, gesammelt durch die Brüder Grimm, haben uns durchaus auch heute noch dieses und jenes zu sagen.

Lothar Borowsky

DORNRÖSCHEN

Und dieser Schlaf verbreitete sich über das ganze Schloß: der König und die Königin, die eben heimgekommen und in den Saal getreten waren, fingen an einzuschlafen und der ganze Hofstaat mit ihnen. Da schliefen auch die Pferde im Stall, die Hunde im Hofe, die Tauben auf dem Dache, die Fliegen an der Wand, ja, das Feuer, das auf dem Herde flackerte, ward still und schlief ein, und der Braten hörte auf zu brutzeln, und der Koch, der den Küchenjungen, weil er etwas versehen hatte, in den Haaren ziehen wollte, ließ ihn los und schlief. Und der Wind legte sich, und auf den Bäumen vor dem Schloß regte sich kein Blättchen mehr.

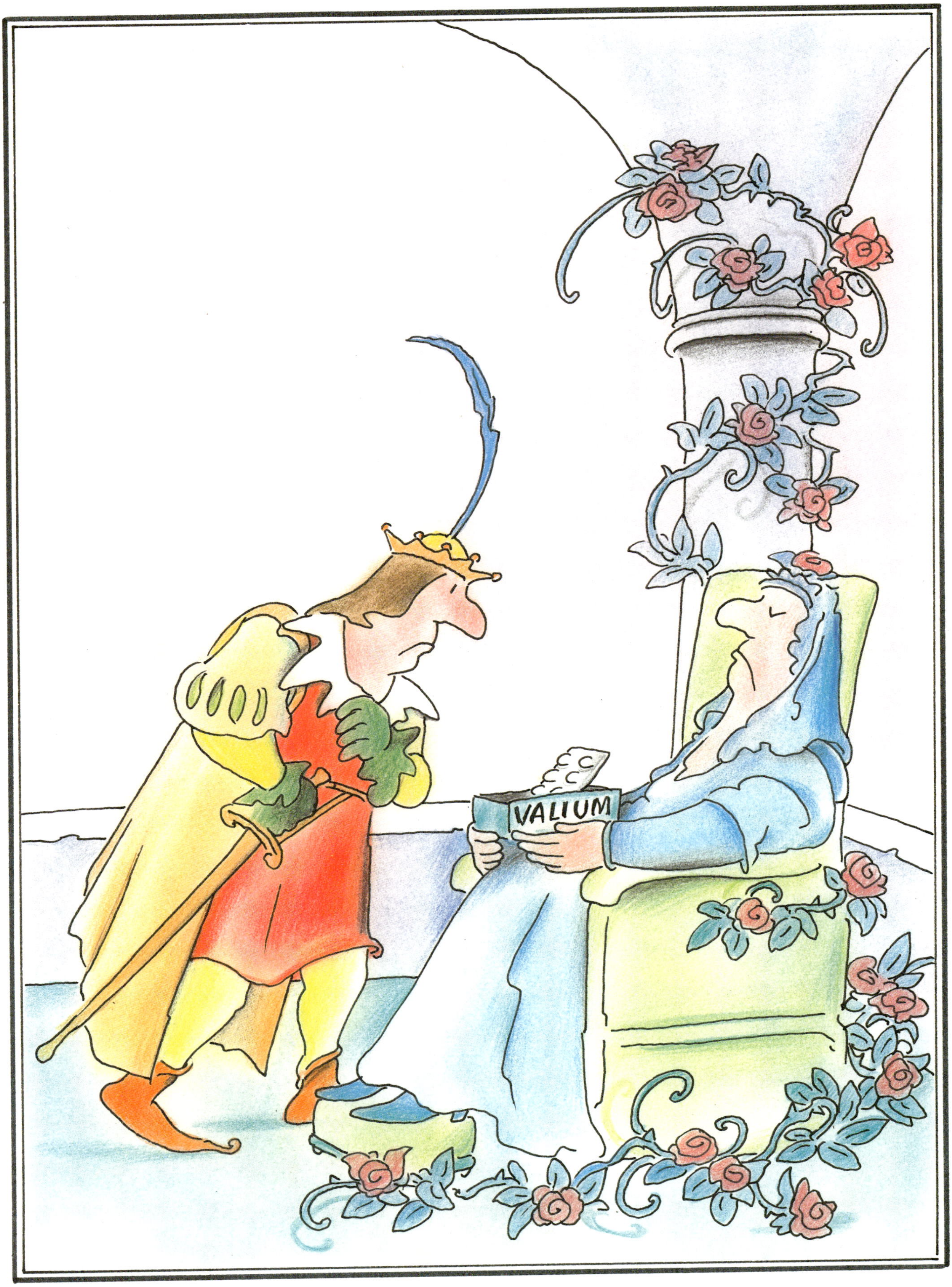
VALIUM

DORNRÖSCHEN

Da ging er weiter und sah im Saale den ganzen Hofstaat liegen und schlafen, und oben bei dem Throne lag der König und die Königin. Da ging er noch weiter, und alles war so still, daß einer seinen Atem hören konnte, und endlich kam er zu dem Turm und öffnete die Türe zu der kleinen Stube, in welcher Dornröschen schlief. Da lag es und war so schön, daß er die Augen nicht abwenden konnte, und er bückte sich und gab ihm einen Kuß. Wie er es mit dem Kuß berührt hatte, schlug Dornröschen die Augen auf, erwachte und blickte ihn ganz freundlich an.

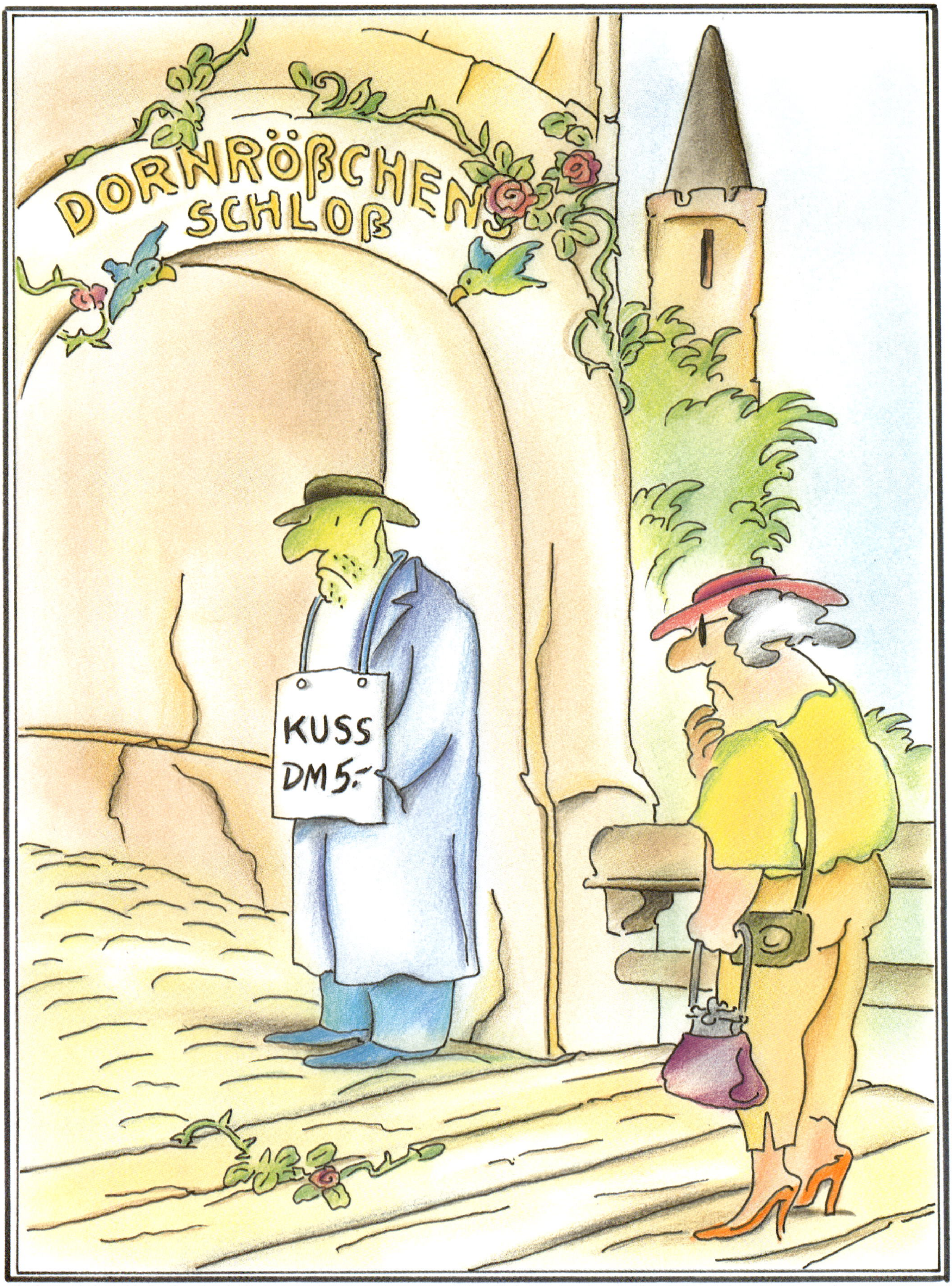
DORNRÖßCHEN
SCHLOß
KUSS
DM 5.-

Der Wolf und die sieben Geisslein

Nun ging der Bösewicht zum drittenmal zu der Haustüre, klopfte an und sprach: »Macht mir auf, Kinder, euer liebes Mütterchen ist heimgekommen und hat jedem von euch etwas aus dem Walde mitgebracht.« Die Geißerchen riefen: »Zeig uns erst deine Pfote, damit wir wissen, daß du unser liebes Mütterchen bist.« Da legte er die Pfote ins Fenster, und als sie sahen, daß sie weiß war, so glaubten sie, es wäre alles wahr, was er sagte, und machten die Türe auf.
Wer aber hereinkam, das war der Wolf. Sie erschraken und wollten sich verstecken. Das eine sprang unter den Tisch, das zweite ins Bett, das dritte in den Ofen, das vierte in die Küche, das fünfte in den Schrank, das sechste unter die Waschschüssel, das siebente in den Kasten der Wanduhr.

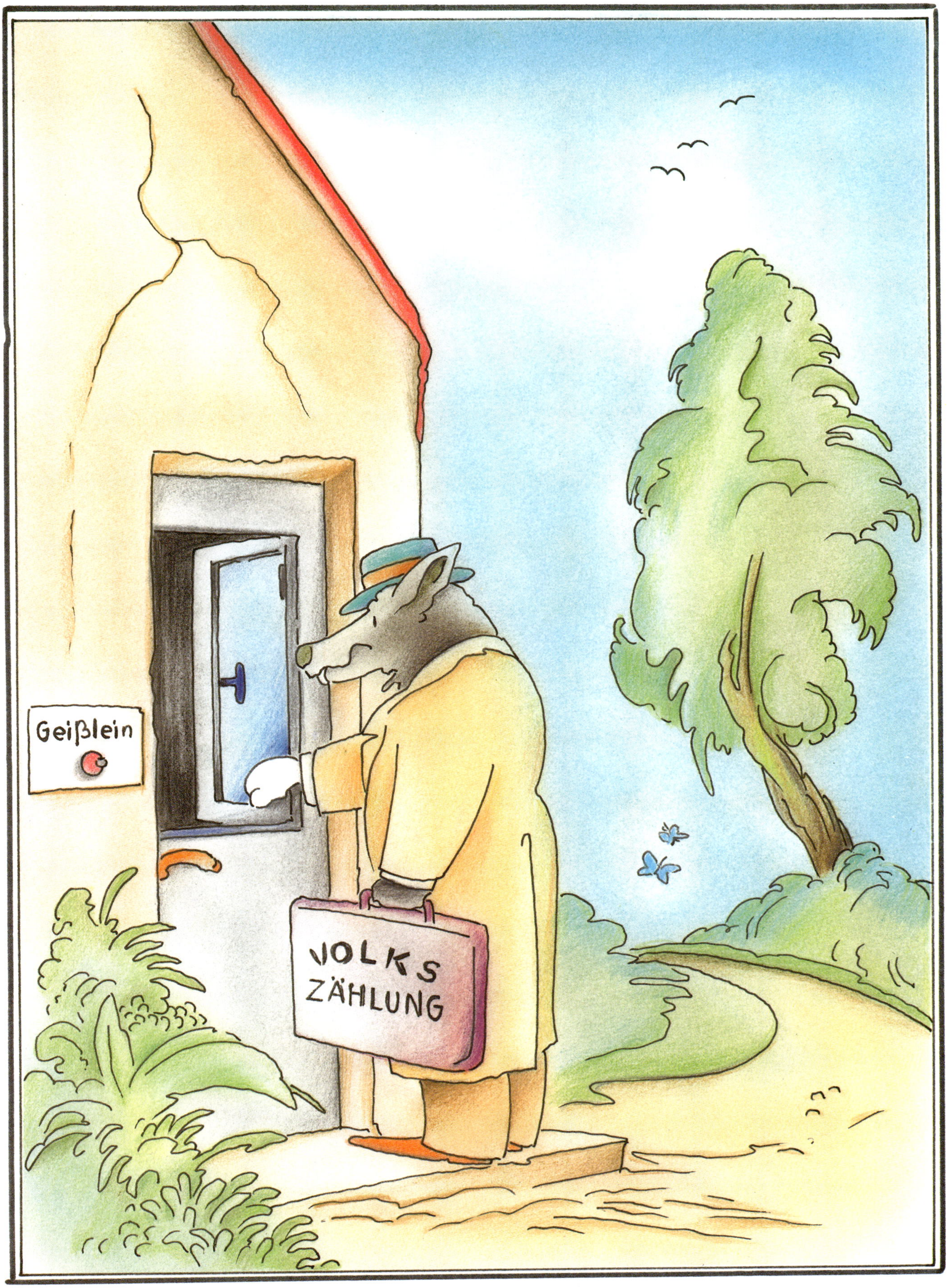
Geißlein
VOLKS
ZÄHLUNG

DER WOLF UND DIE SIEBEN GEISSLEIN

Aber der Wolf fand sie alle und machte nicht langes Federlesen: eins nach dem andern schluckte er in seinen Rachen; nur das jüngste in dem Uhrkasten, das fand er nicht.

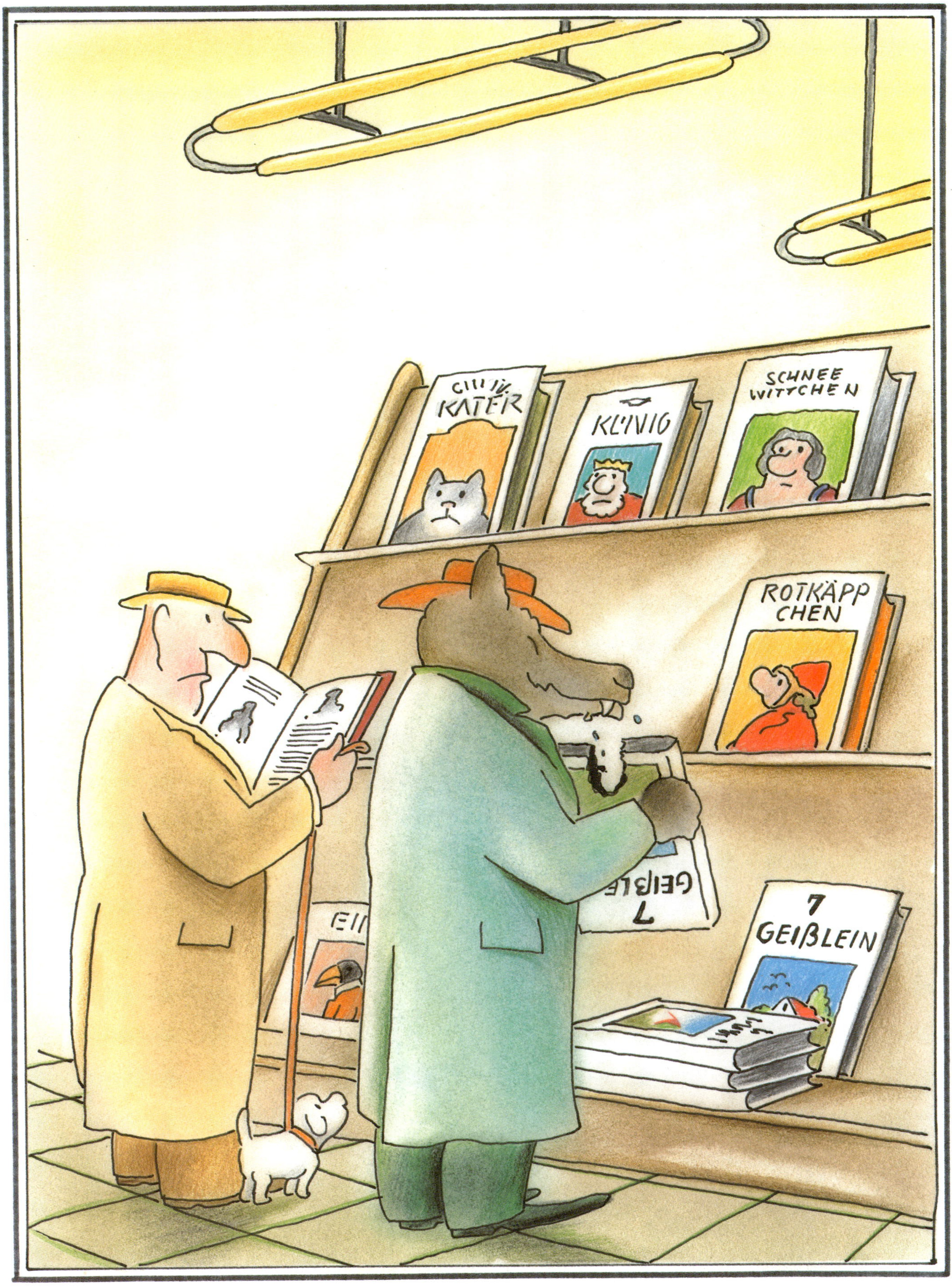
KATER
SCHNEE WITTCHEN
ROTKÄPP CHEN
7 GEIßLEIN

SCHNEEWITTCHEN UND DIE SIEBEN ZWERGE

Da rief sie einen Jäger und sprach: »Bring das Kind hinaus in den Wald, ich will's nicht mehr vor meinen Augen sehen. Du sollst es töten und mir Lunge und Leber zum Wahrzeichen mitbringen.« Der Jäger gehorchte und führte es hinaus, und als er den Hirschfänger gezogen hatte und Schneewittchens unschuldiges Herz durchbohren wollte, fing es an zu weinen und sprach: »Ach, lieber Jäger, laß mir mein Leben; ich will in den wilden Wald laufen und nimmermehr wieder heimkommen.« Und weil es so schön war, hatte der Jäger Mitleiden und sprach: »So lauf hin, du armes Kind. – Die wilden Tiere werden dich bald gefressen haben«, dachte er, und doch war's ihm, als wär' ein Stein von seinem Herzen gewälzt, weil er es nicht zu töten brauchte. Und als gerade ein junger Frischling dahergesprungen kam, stach er ihn ab, nahm Lunge und Leber heraus und brachte sie als Wahrzeichen der Königin mit. Der Koch mußte sie in Salz kochen, und das boshafte Weib aß sie auf und meinte, sie hätte Schneewittchens Lunge und Leber gegessen.

SCHNEE-
WITTCHEN-
TELLER
10.50

SCHNEEWITTCHEN UND DIE SIEBEN ZWERGE

Morgens gingen sie in die Berge und suchten Erz und Gold, abends kamen sie wieder, und da mußte ihr Essen bereit sein. Den Tag über war das Mädchen allein; da warnten es die guten Zwerglein und sprachen: »Hüte dich vor deiner Stiefmutter, die wird bald wissen, daß du hier bist; laß ja niemand herein.«

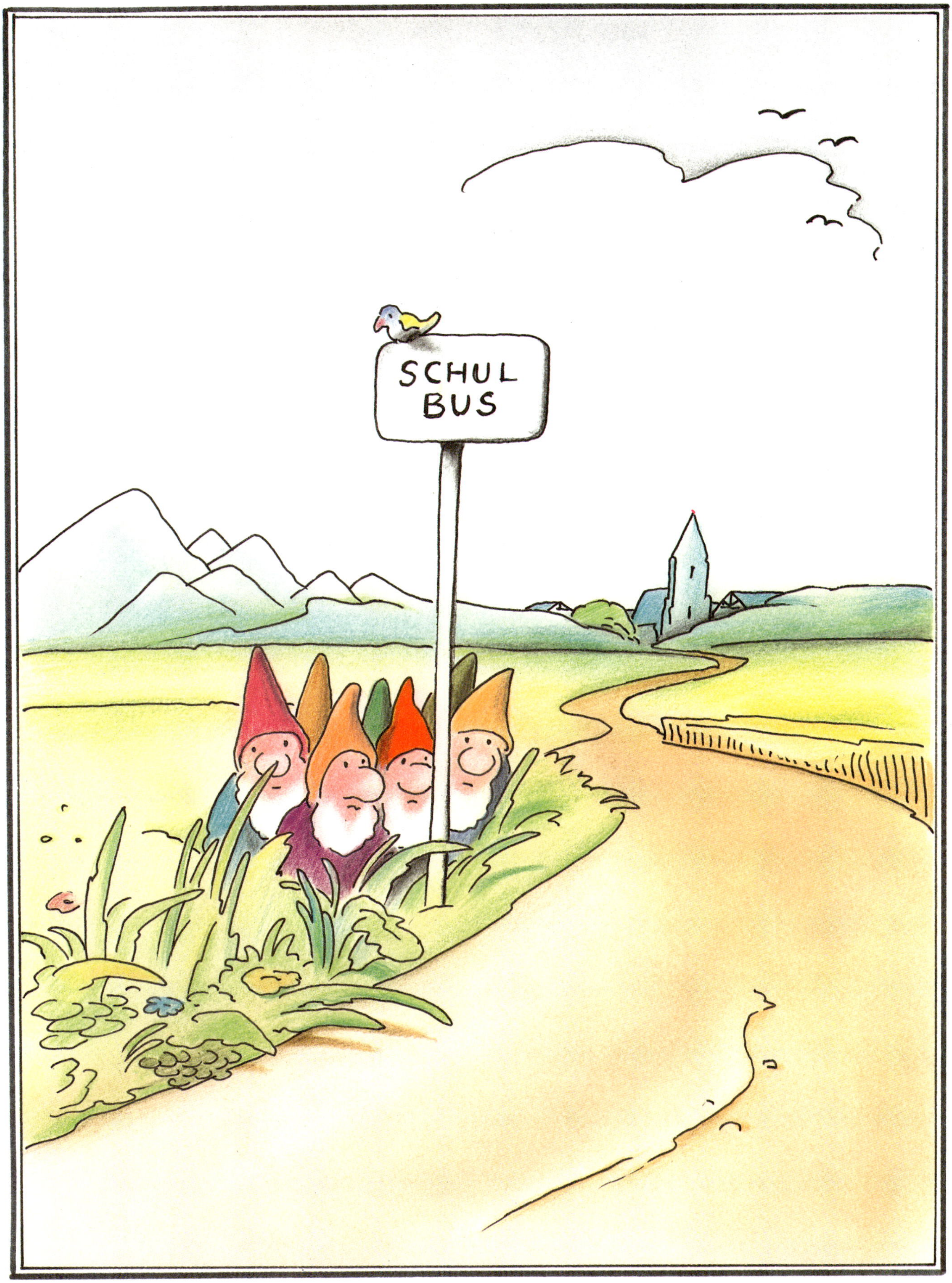
SCHUL
BUS

SCHNEEWITTCHEN UND DIE SIEBEN ZWERGE

Als es ganz dunkel war, kamen die Herren von dem Häuslein: das waren die sieben Zwerge, die in den Bergen nach Erz hackten und gruben.

21

SCHNEEWITTCHEN UND DIE SIEBEN ZWERGE

Über ein Jahr nahm sich der König eine andere Gemahlin. Es war eine schöne Frau, aber sie war stolz und übermütig und konnte nicht leiden, daß sie an Schönheit von jemand sollte übertroffen werden. Sie hatte einen wunderbaren Spiegel, wenn sie vor den trat und sich darin beschaute, sprach sie:
»Spieglein, Spieglein an der Wand,
 wer ist die schönste im ganzen Land?«
So antwortete der Spiegel:
»Frau Königin, Ihr seid die schönste im Land.«
Da war sie zufrieden; denn sie wußte, daß der Spiegel die Wahrheit sagte.

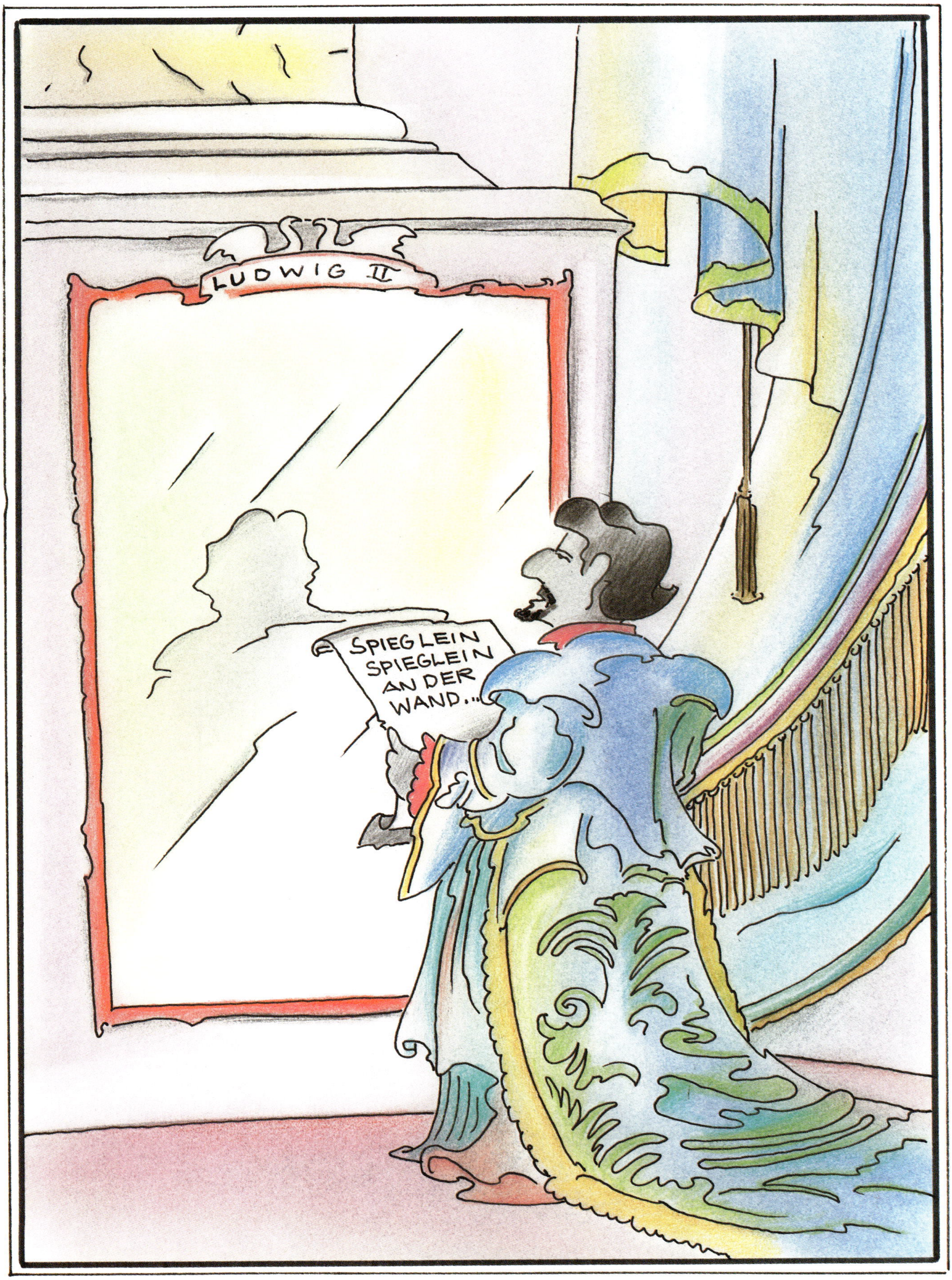
LUDWIG II
SPIEGLEIN SPIEGLEIN AN DER WAND...

SCHNEEWITTCHEN UND DIE SIEBEN ZWERGE

Als der Apfel fertig war, färbte sie sich das Gesicht und verkleidete sich in eine Bauersfrau, und so ging sie über die sieben Berge zu den sieben Zwergen. Sie klopfte an, Schneewittchen streckte den Kopf zum Fenster heraus und sprach: »Ich darf keinen Menschen einlassen, die sieben Zwerge haben mir's verboten.« – »Mir auch recht«, antwortete die Bäurin, »meine Äpfel will ich schon los werden. Da, einen will ich dir schenken.« – »Nein«, sprach Schneewittchen, »ich darf nichts annehmen.« – »Fürchtest du dich vor Gift?« sprach die Alte, »Siehst du, da schneide ich den Apfel in zwei Teile; den roten Backen iß du, den weißen will ich essen.« Der Apfel war aber so künstlich gemacht, daß der rote Backen allein vergiftet war. Schneewittchen lusterte den schönen Apfel an, und als es sah, daß die Bäurin davon aß, so konnte es nicht länger widerstehen, streckte die Hand hinaus und nahm die giftige Hälfte.

25

SCHNEEWITTCHEN UND DIE SIEBEN ZWERGE

Dann setzten sie den Sarg hinaus auf den Berg, und einer von ihnen blieb immer dabei und bewachte ihn. Und die Tiere kamen auch und beweinten Schneewittchen, erst eine Eule, dann ein Rabe, zuletzt ein Täubchen.
Nun lag Schneewittchen lange lange Zeit in dem Sarg und verweste nicht, sondern sah aus, als wenn es schliefe; denn es war noch so weiß als Schnee, so rot als Blut und so schwarzhaarig wie Ebenholz. Es geschah aber, daß ein Königssohn in den Wald geriet und zu dem Zwergenhaus kam, da zu übernachten.

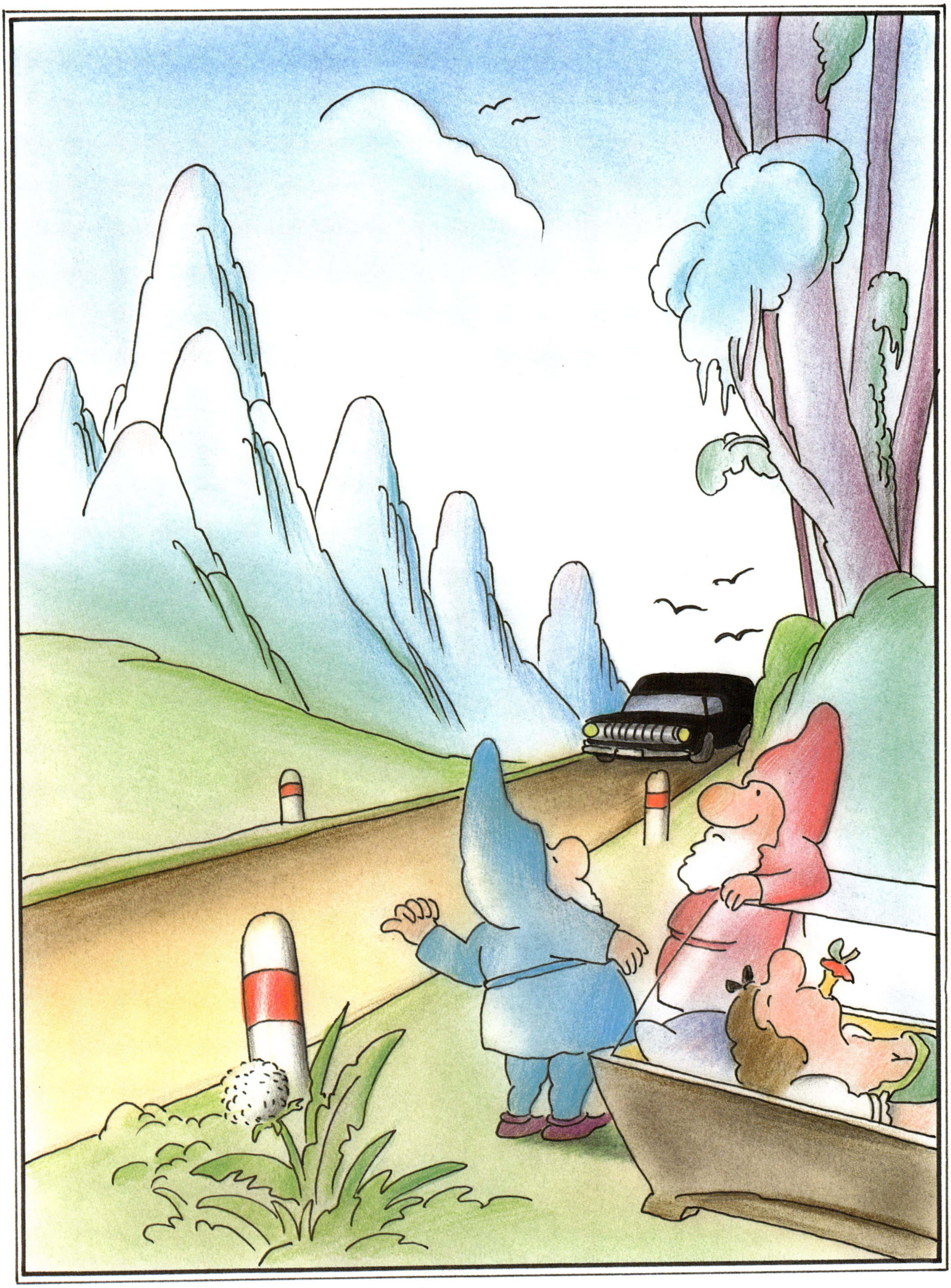

RUMPELSTILZCHEN

Den dritten Tag kam der Bote wieder zurück und erzählte: »Neue Namen habe ich keinen einzigen finden können, aber wie ich an einen hohen Berg um die Waldecke kam, wo Fuchs und Has sich gute Nacht sagen, so sah ich da ein kleines Haus, und vor dem Haus brannte ein Feuer, und um das Feuer sprang ein gar zu lächerliches Männchen, hüpfte auf einem Bein und schrie:

»Heute back' ich, morgen brau' ich,
übermorgen hol' ich der Königin ihr Kind;
ach, wie gut ist, daß niemand weiß,
daß ich Rumpelstilzchen heiß'!«

ACH WIE GUT
DAS NIEMAND
WEISS DAS ICH
RUMPELSTILZ-
CHEN HEISS

Rumpelstilzchen

Nun besann sich die Königin die ganze Nacht über auf alle Namen, die sie jemals gehört hatte, und schickte einen Boten über Land, der sollte sich erkundigen weit und breit, was es sonst noch für Namen gäbe. Als am andern Tag das Männchen kam, fing sie an mit Kaspar, Melchior, Balzer und sagte alle Namen, die sie wußte, nach der Reihe her, aber bei jedem sprach das Männlein: »So heiß' ich nicht.« Den zweiten Tag ließ sie in der Nachbarschaft herumfragen, wie die Leute da genannt würden, und sagte dem Männlein die ungewöhnlichsten und seltsamsten Namen vor: »Heißt du vielleicht Rippenbiest oder Hammelswade oder Schnürbein?« aber es antwortete immer: »So heiß' ich nicht.«

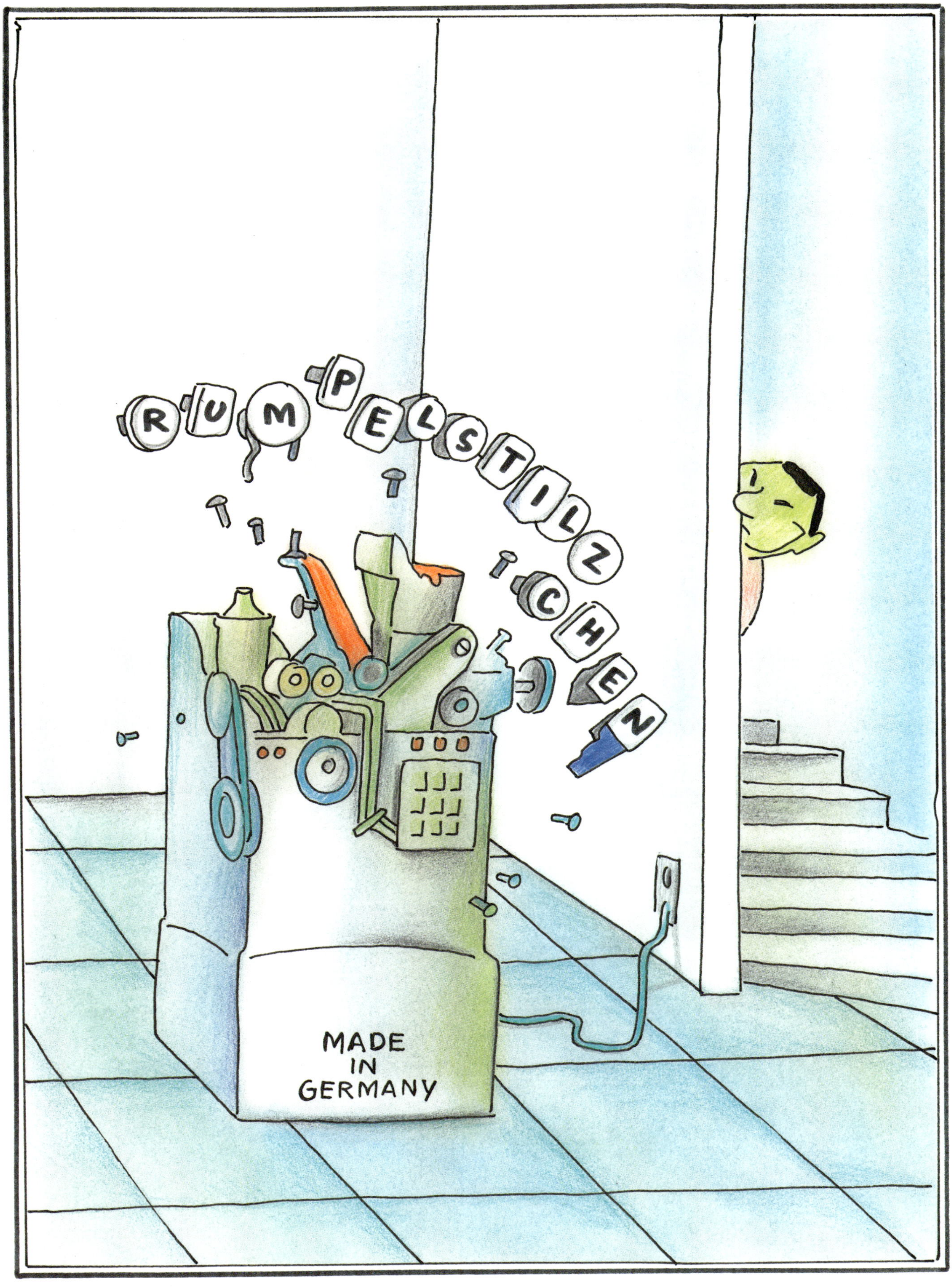
RUMPELSTILZCHEN
MADE IN GERMANY

Tischchen deck dich, Goldesel und Knüppel aus dem Sack

Der Älteste war zu einem Schreiner in die Lehre gegangen. Da lernte er fleißig und unverdrossen, und als seine Zeit herum war, daß er wandern sollte, schenkte ihm der Meister ein Tischchen, das gar kein besonderes Ansehen hatte und von gewöhnlichem Holz war: aber es hatte eine gute Eigenschaft. Wenn man es hinstellte und sprach: »Tischchen, deck dich«, so war das gute Tischchen auf einmal mit einem sauberen Tüchlein bedeckt, und stand da ein Teller und Messer und Gabel daneben und Schüsseln mit Gesottenem und Gebratenem, so viel Platz hatten, und ein großes Glas mit rotem Wein leuchtete, daß einem das Herz lachte. Der junge Gesell dachte: »Damit hast du genug für dein Lebtag«, zog guter Dinge in der Welt umher und bekümmerte sich gar nicht darum, ob ein Wirtshaus gut oder schlecht und ob etwas darin zu finden war oder nicht.

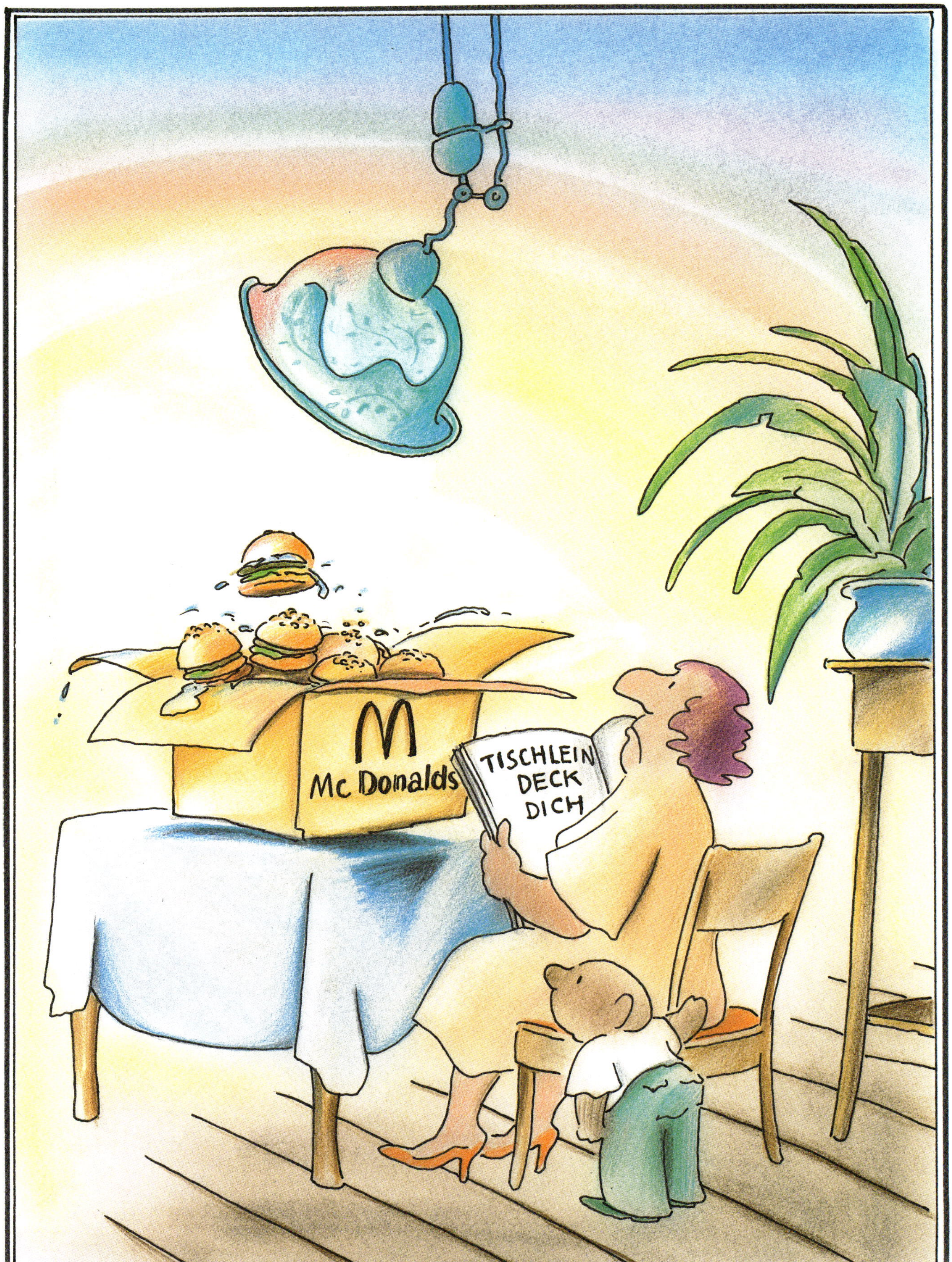
Mc Donalds
TISCHLEIN DECK DICH

TISCHCHEN DECK DICH, GOLDESEL UND KNÜPPEL AUS DEM SACK

Der zweite Sohn war zu einem Müller gekommen und bei ihm in die Lehre gegangen. Als er seine Jahre herum hatte, sprach der Meister: »Weil du dich so wohl gehalten hast, so schenke ich dir einen Esel von einer besonderen Art, er zieht nicht am Wagen und trägt auch keine Säcke.« – »Wozu ist er denn nütze?« fragte der junge Geselle. »Er speit Gold«, antwortete der Müller, »wenn du ihn auf ein Tuch stellst und sprichst: ›Bricklebrit‹, so speit dir das gute Tier Goldstücke aus, hinten und vorn.« – »Das ist eine schöne Sache«, sprach der Geselle, dankte dem Meister und zog in die Welt.

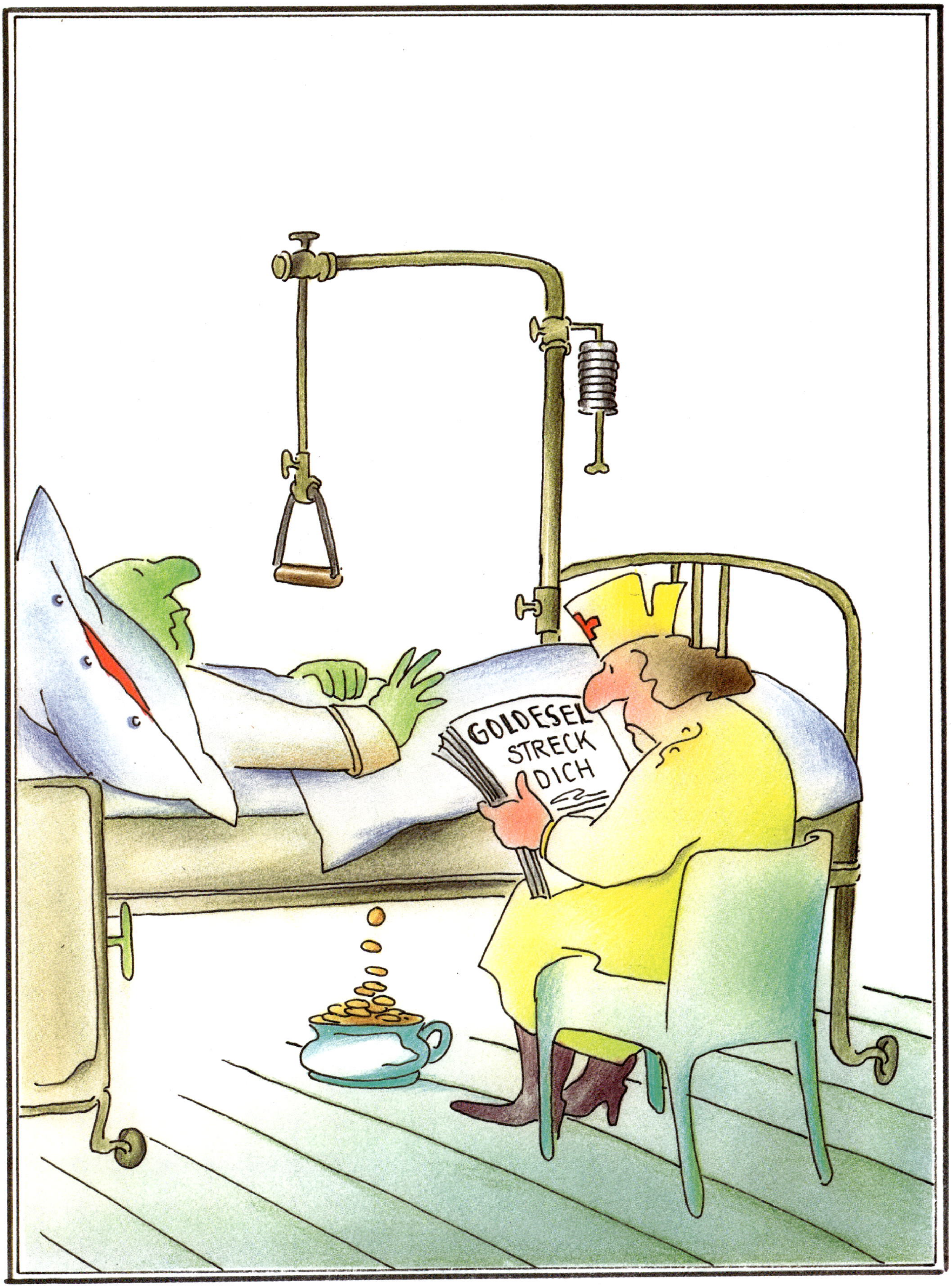
GOLDESEL
STRECK
DICH

TISCHCHEN DECK DICH, GOLDESEL UND KNÜPPEL AUS DEM SACK

Der Wirt, als er meinte, der Gast läge in tiefem Schlaf, ging herbei, rückte und zog ganz sachte und vorsichtig an dem Sack, ob er ihn vielleicht wegziehen und einen andern unterlegen könnte. Der Drechsler aber hatte schon lange darauf gewartet; wie nun der Wirt eben einen herzhaften Ruck tun wollte, rief er: »Knüppel, aus dem Sack.« Alsbald fuhr das Knüppelchen heraus, dem Wirt auf den Leib, und rieb ihm die Nähte, daß es eine Art hatte. Der Wirt schrie um Erbarmen, aber je lauter er schrie, desto kräftiger schlug der Knüppel ihm den Takt dazu auf dem Rücken, bis er endlich erschöpft zur Erde fiel.

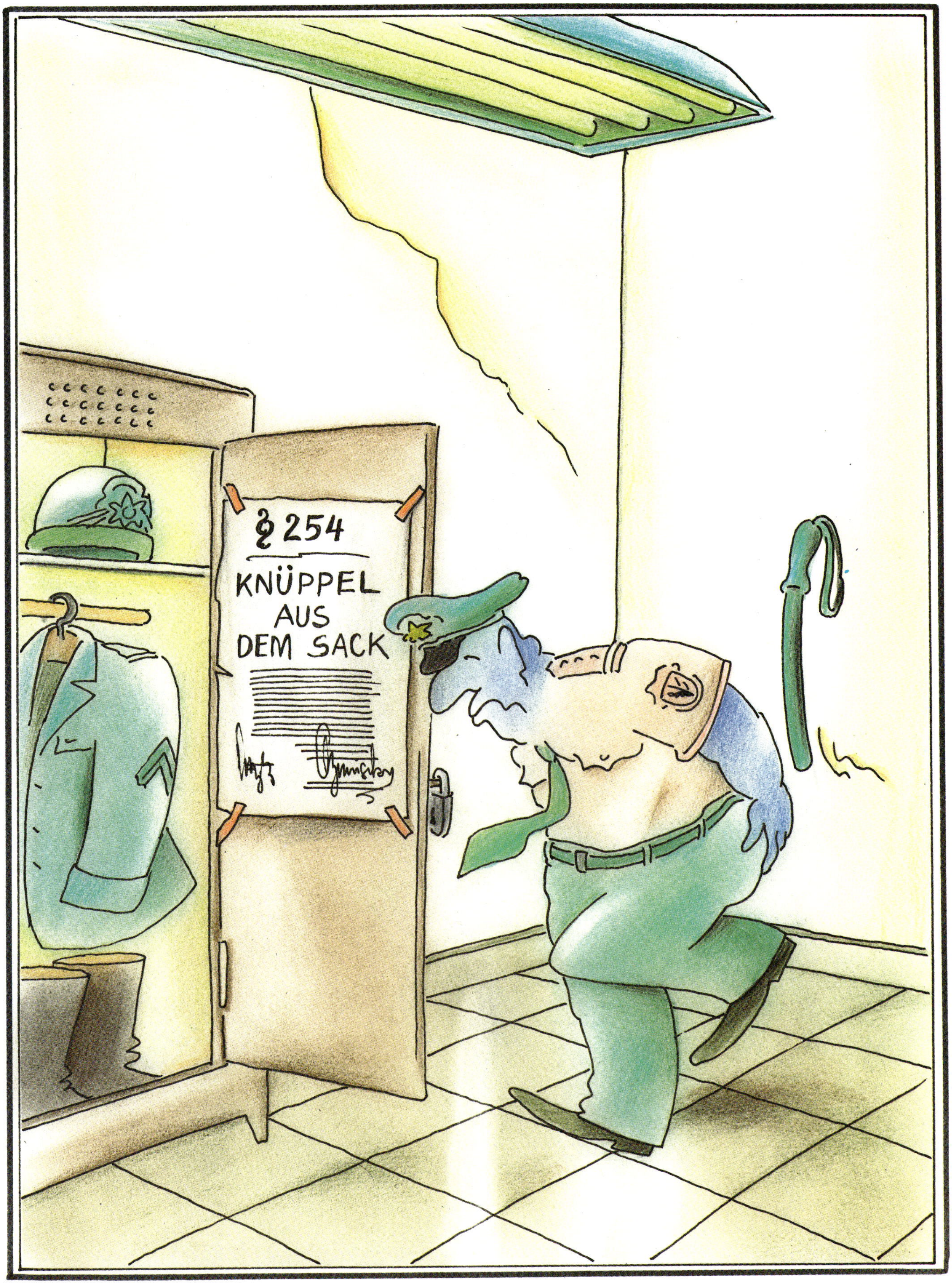
§ 254
KNÜPPEL
AUS
DEM SACK

Hänsel und Gretel

Als es Mittag war, sahen sie ein schönes, schneeweißes Vöglein auf einem Ast sitzen, das sang so schön, daß sie stehen blieben und ihm zuhörten. Und als es fertig war, schwang es seine Flügel und flog vor ihnen her, und sie gingen ihm nach, bis sie zu einem Häuschen gelangten, auf dessen Dach es sich setzte, und als sie ganz nah herankamen, so sahen sie, daß das Häuslein aus Brot gebaut war und mit Kuchen gedeckt; aber die Fenster waren von hellem Zucker.

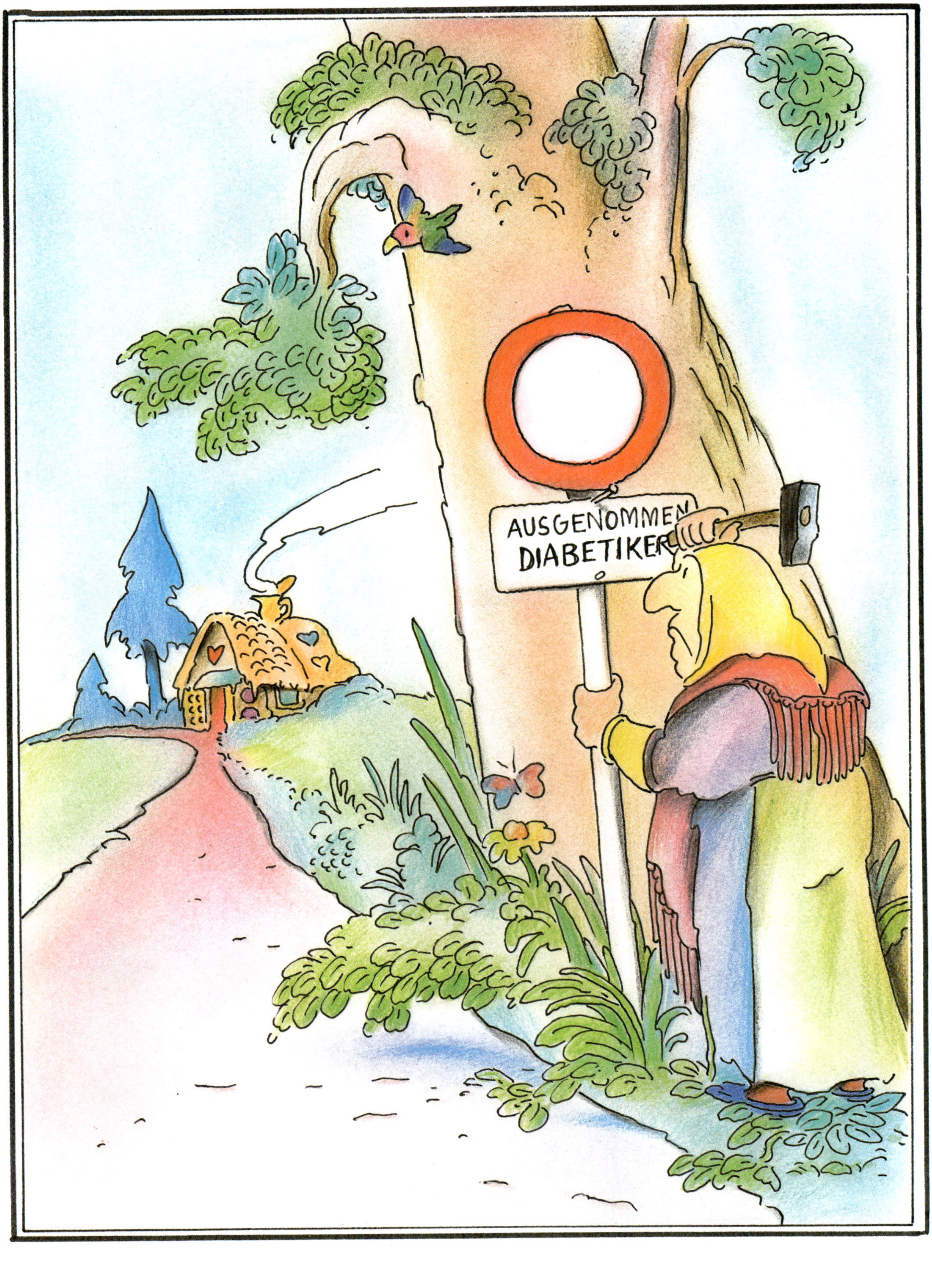
AUSGENOMMEN
DIABETIKER

HÄNSEL UND GRETEL

Die Alte hatte sich nur so freundlich angestellt, sie war aber eine böse Hexe, die den Kindern auflauerte, und hatte das Brothäuslein bloß gebaut, um sie herbeizulocken. Wenn eins in ihre Gewalt kam, so machte sie es tot, kochte es und aß es, und das war ihr ein Festtag. Die Hexen haben rote Augen und können nicht weit sehen, aber sie haben eine feine Witterung wie die Tiere und merken's, wenn Menschen herankommen. Als Hänsel und Gretel in ihre Nähe kamen, da lachte sie boshaft und sprach höhnisch: »Die habe ich, die sollen mir nicht wieder entwischen.«

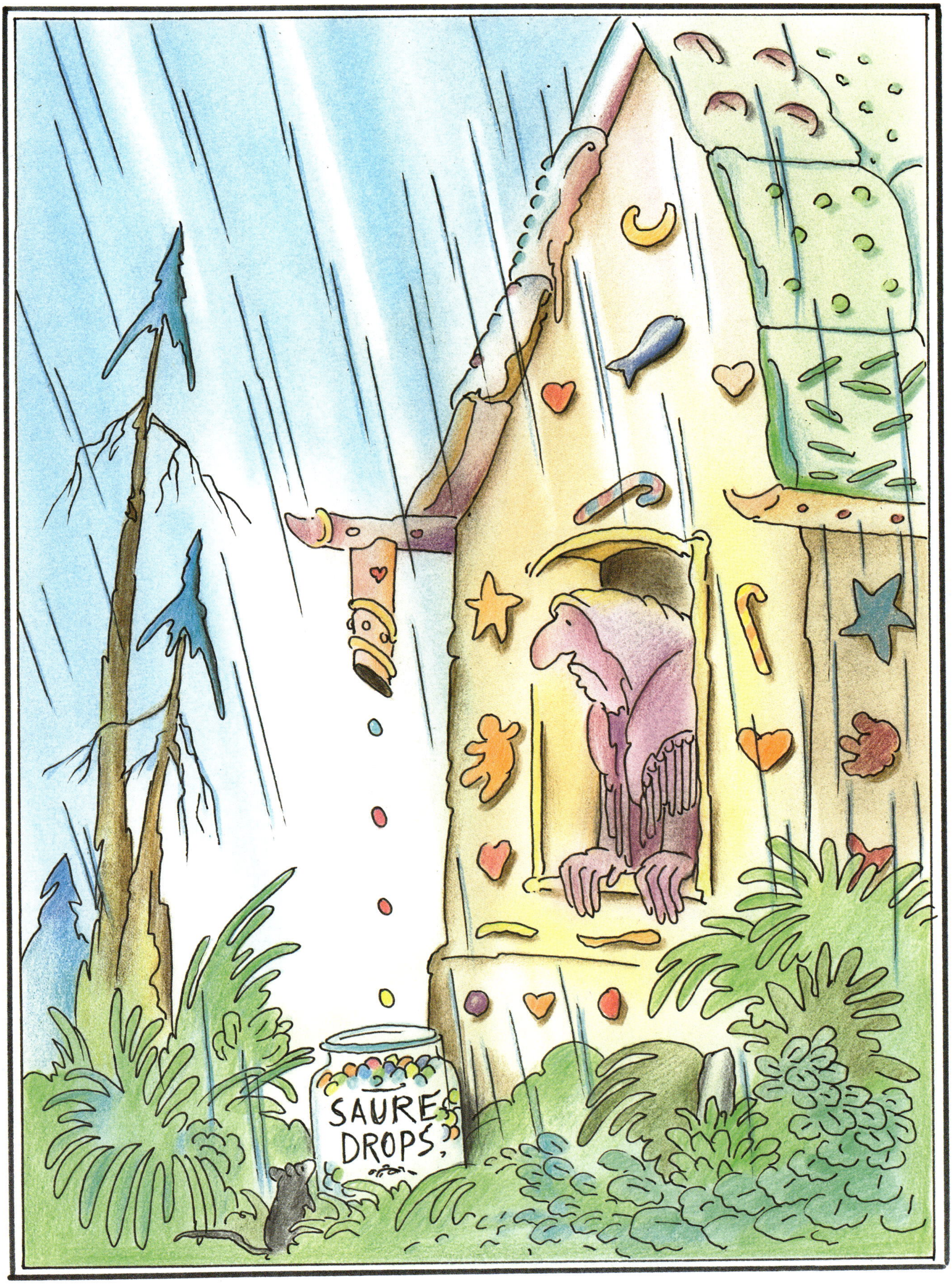
SAURE
DROPS

Hänsel und Gretel

>>Knuper knuper kneischen,
wer knupert an meinem Häuschen?<<
Die Kinder antworteten:
>>Der Wind, der Wind,
das himmlische Kind<<,
und aßen weiter, ohne sich irre machen zu lassen. Hänsel, dem das Dach sehr gut schmeckte, riß sich ein großes Stück davon herunter, und Gretel stieß eine ganze runde Fensterscheibe heraus, setzte sich nieder und tat sich wohl damit. Da ging auf einmal die Türe auf, und eine steinalte Frau, die sich auf eine Krücke stützte, kam herausgeschlichen.

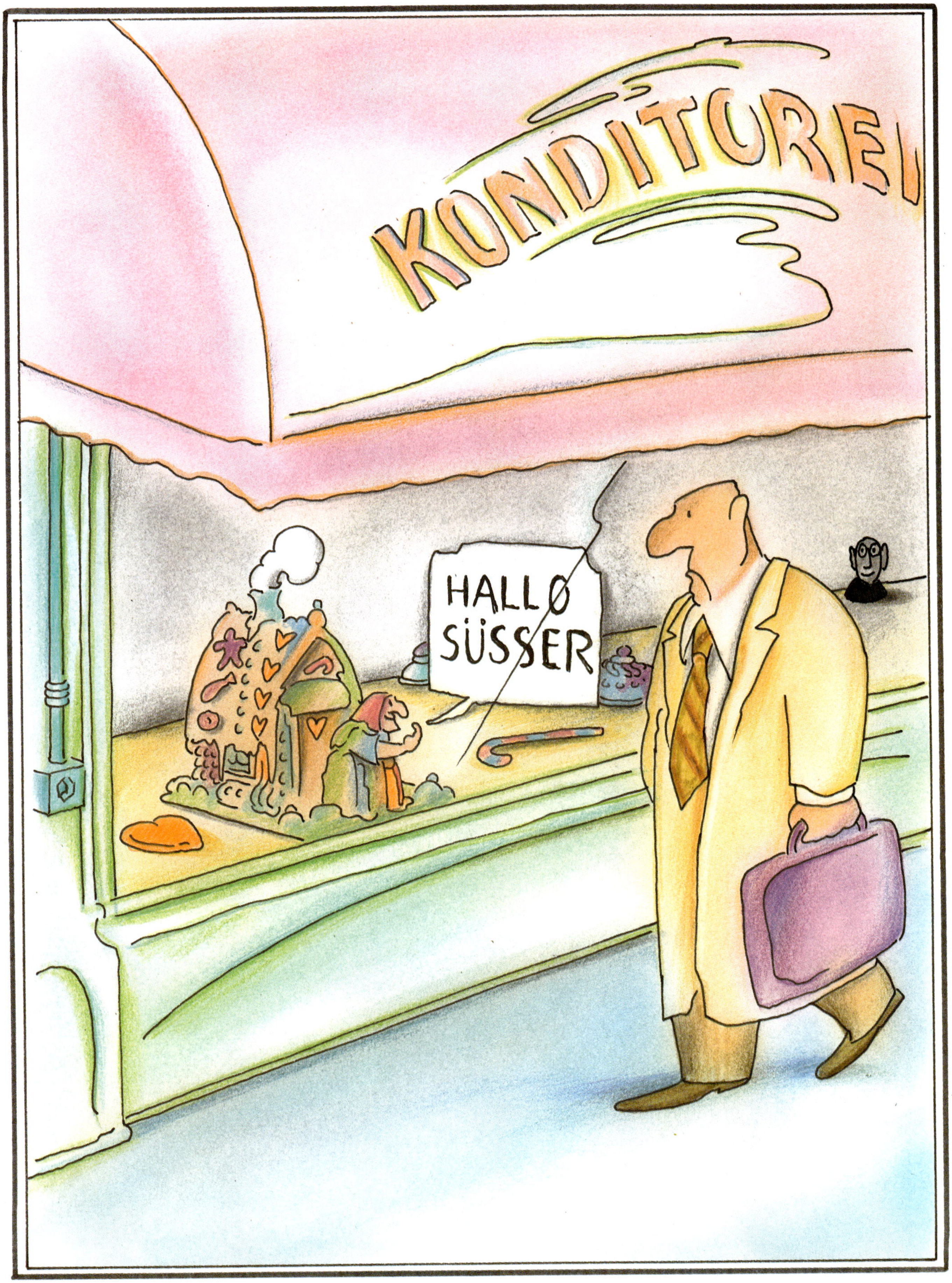
KONDITOREI
HALLO SÜSSER

HÄNSEL UND GRETEL

Und weil sie sich nicht mehr zu fürchten brauchten, so gingen sie in das Haus der Hexe hinein, da standen in allen Ecken Kasten mit Perlen und Edelsteinen. »Die sind noch besser als Kieselsteine«, sagte Hänsel und steckte in seine Taschen, was hinein wollte, und Gretel sagte: »Ich will auch etwas mit nach Haus bringen«, und füllte sich sein Schürzchen voll. – »Aber jetzt wollen wir fort«, sagte Hänsel, »damit wir aus dem Hexenwald herauskommen.«

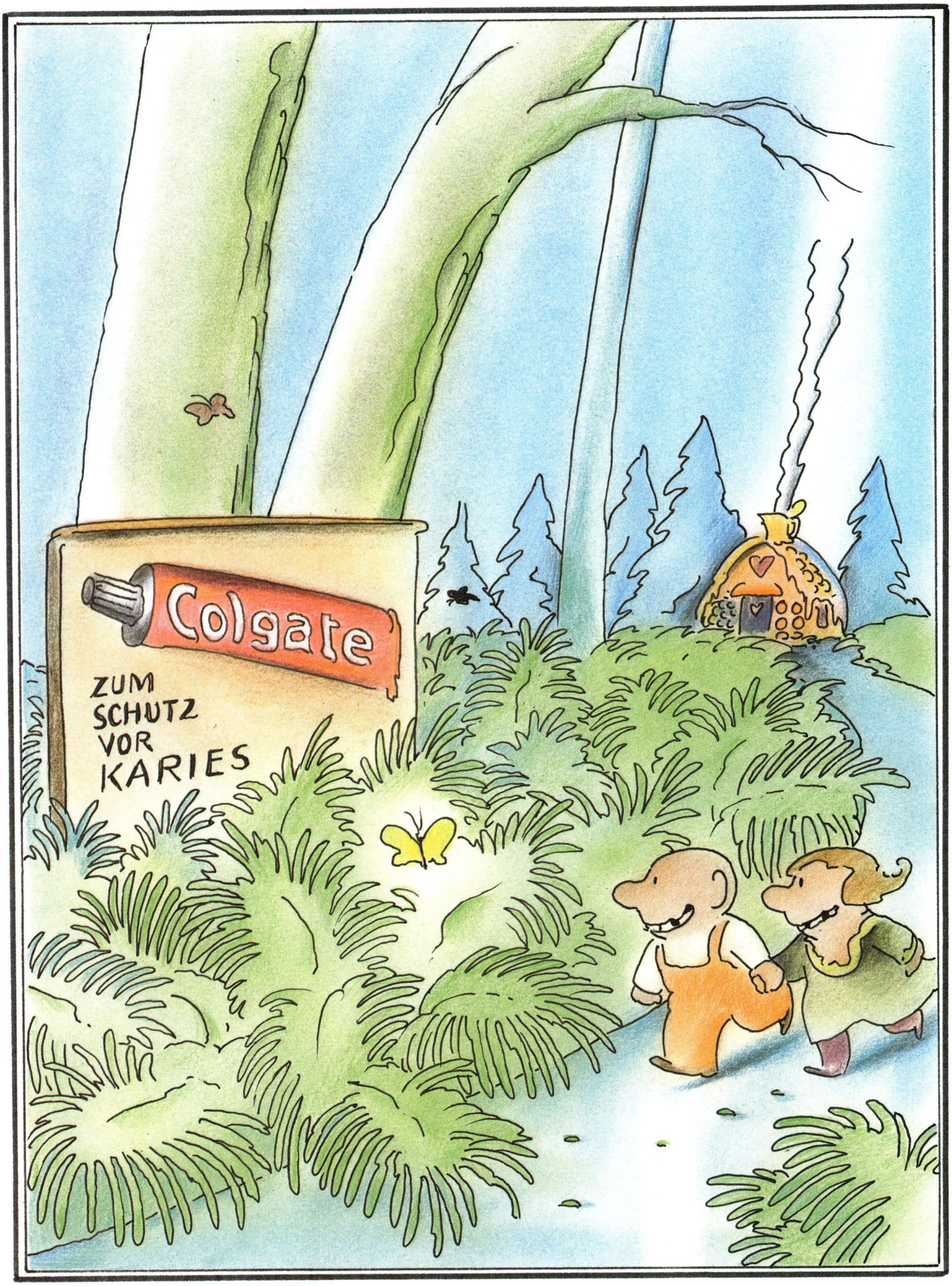
Colgate
ZUM
SCHUTZ
VOR
KARIES

Der Froschkönig oder der eiserne Heinrich

Und wie sie so klagte, rief ihr jemand zu: »Was hast du vor, Königstochter, du schreist ja, daß sich ein Stein erbarmen möchte.« Sie sah sich um, woher die Stimme käme, da erblickte sie einen Frosch, der seinen dicken häßlichen Kopf aus dem Wasser streckte. »Ach, du bist's, alter Wasserpatscher«, sagte sie, »ich weine über meine goldene Kugel, die mir in den Brunnen hinabgefallen ist.«

47

DER FROSCHKÖNIG ODER DER EISERNE HEINRICH

Die Königstochter war voll Freude, als sie ihr schönes Spielwerk wieder erblickte, hob es auf und sprang damit fort. »Warte, warte«, rief der Frosch, »nimm mich mit, ich kann nicht so laufen wie du.« Aber was half ihm, daß er ihr sein quak quak so laut nachschrie, als er konnte! Sie hörte nicht darauf, eilte nach Haus und hatte bald den armen Frosch vergessen, der wieder in seinen Brunnen hinabsteigen mußte.

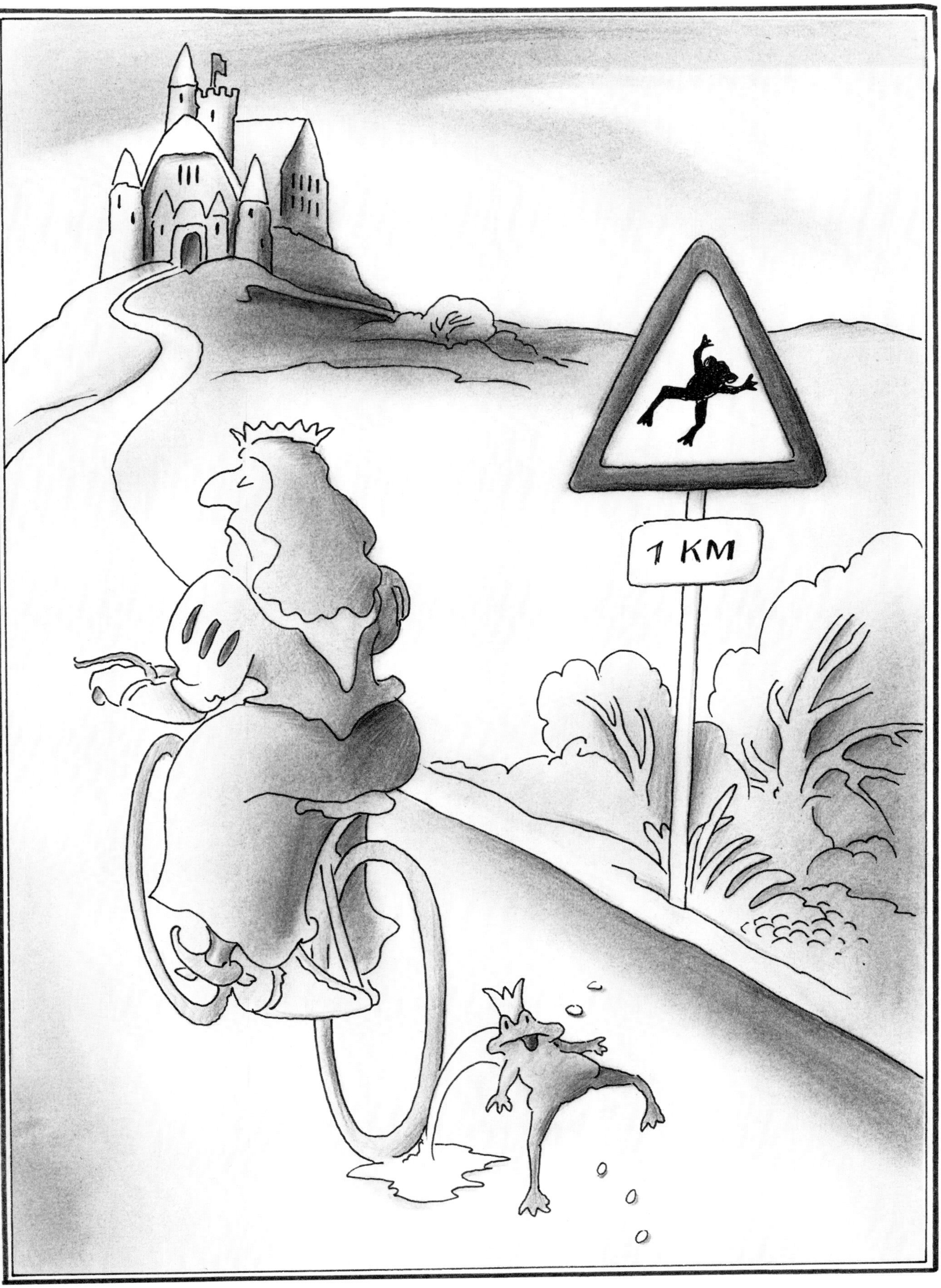
1 KM

Der Froschkönig oder der eiserne Heinrich

... und hinten stand der Diener des jungen Königs, das war der treue Heinrich. Der treue Heinrich hatte sich so betrübt, als sein Herr war in einen Frosch verwandelt worden, daß er drei eiserne Bande hatte um sein Herz legen lassen, damit es ihm nicht vor Weh und Traurigkeit zerspränge.

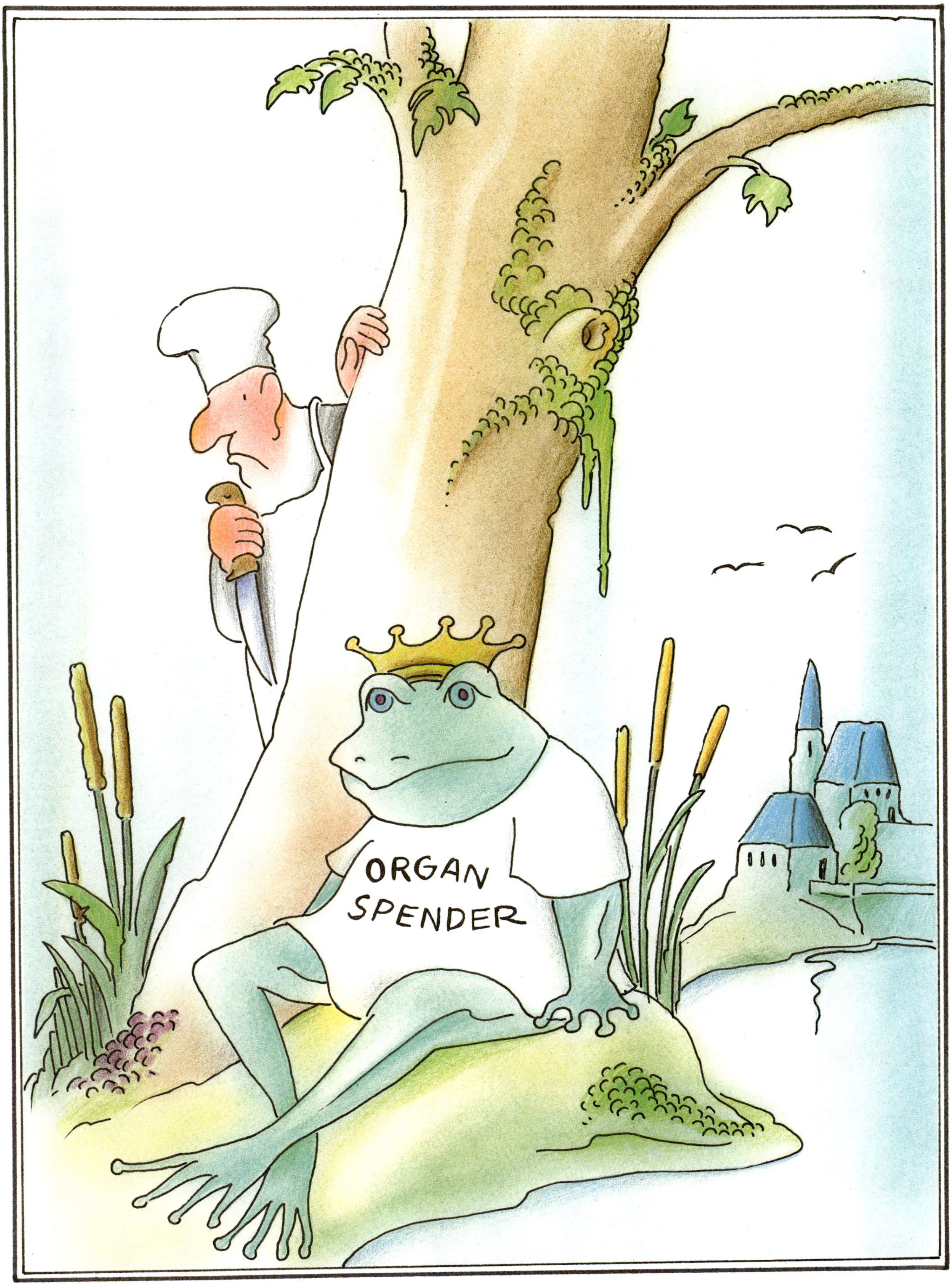
ORGAN
SPENDER

Aschenputtel

»Das ist auch nicht die rechte«, sprach er, »habt ihr keine andere Tochter?« – »Nein«, sagte der Mann, »nur von meiner verstorbenen Frau ist noch ein kleines verbuttetes Aschenputtel da: das kann unmöglich die Braut sein.« Der Königssohn sprach, er sollte es heraufschicken, die Mutter aber antwortete: »Ach nein, das ist viel zu schmutzig, das darf sich nicht sehen lassen.« Er wollte es aber durchaus haben, und Aschenputtel mußte gerufen werden. Da wusch es sich erst Hände und Angesicht rein, ging dann hin und neigte sich vor dem Königssohn, der ihm den goldenen Schuh reichte. Dann setzte es sich auf einen Schemel, zog den Fuß aus dem schweren Holzschuh und steckte ihn in den Pantoffel: der war wie angegossen. Und als es sich in die Höhe richtete, und der König ihm ins Gesicht sah, so erkannte er das schöne Mädchen, das mit ihm getanzt hatte, und rief: »Das ist die rechte Braut!«

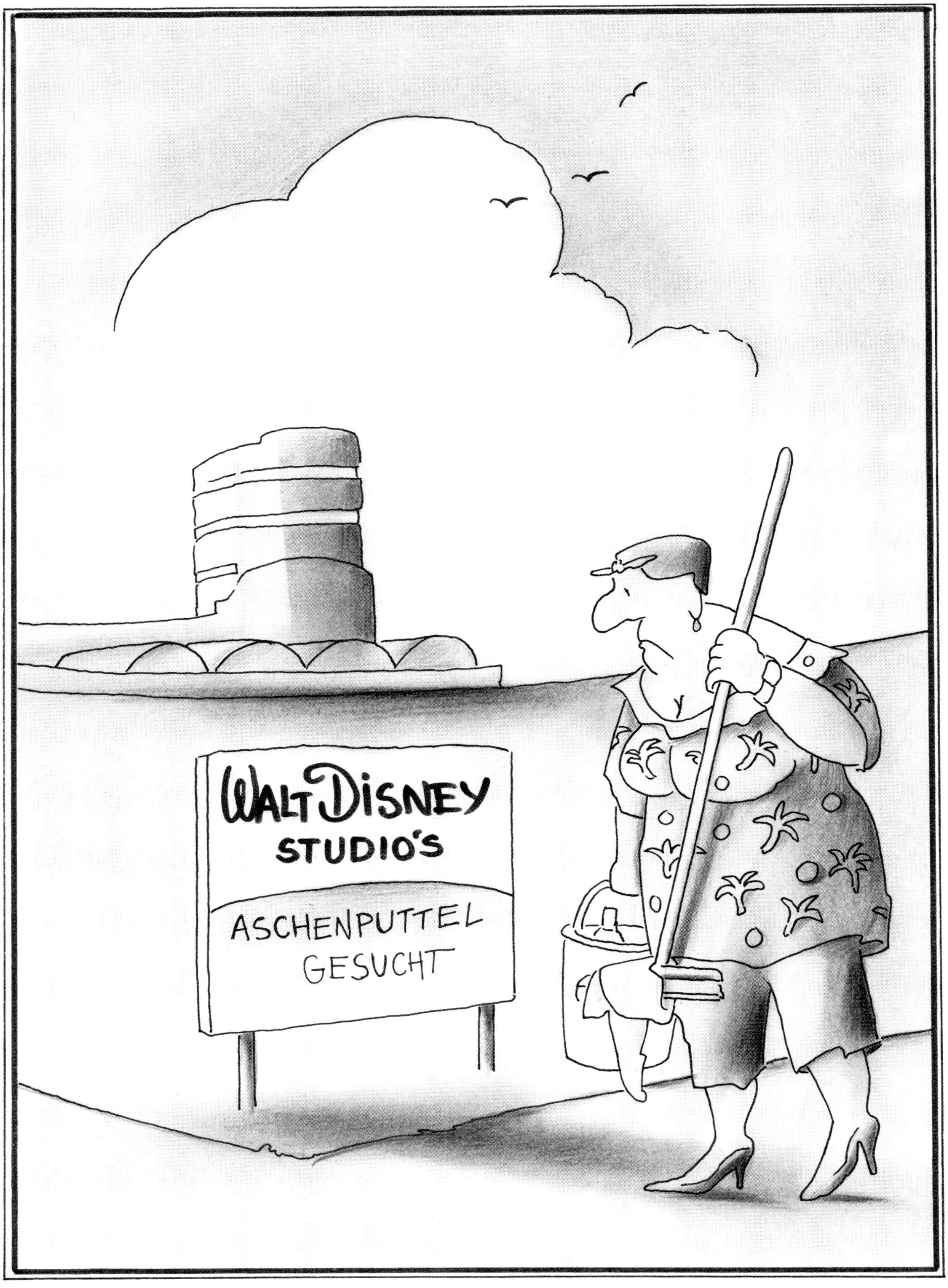
WALT DISNEY
STUDIO'S
ASCHENPUTTEL
GESUCHT

ASCHENPUTTEL

»Ihr zahmen Täubchen, ihr Turteltäubchen, all ihr Vöglein unter dem Himmel, kommt und helft mir lesen,
    die guten ins Töpfchen,
    die schlechten ins Kröpfchen.«
Da kamen zum Küchenfenster zwei weiße Täubchen herein und danach die Turteltäubchen, und endlich schwirrten und schwärmten alle Vöglein unter dem Himmel herein und ließen sich um die Asche nieder. Und die Täubchen nickten mit ihren Köpfchen und fingen an pik, pik, pik, pik, und da fingen die übrigen auch an pik, pik, pik, pik, und lasen alle guten Körner in die Schüsseln. Und eh' eine halbe Stunde herum war, waren sie schon fertig und flogen alle wieder hinaus.

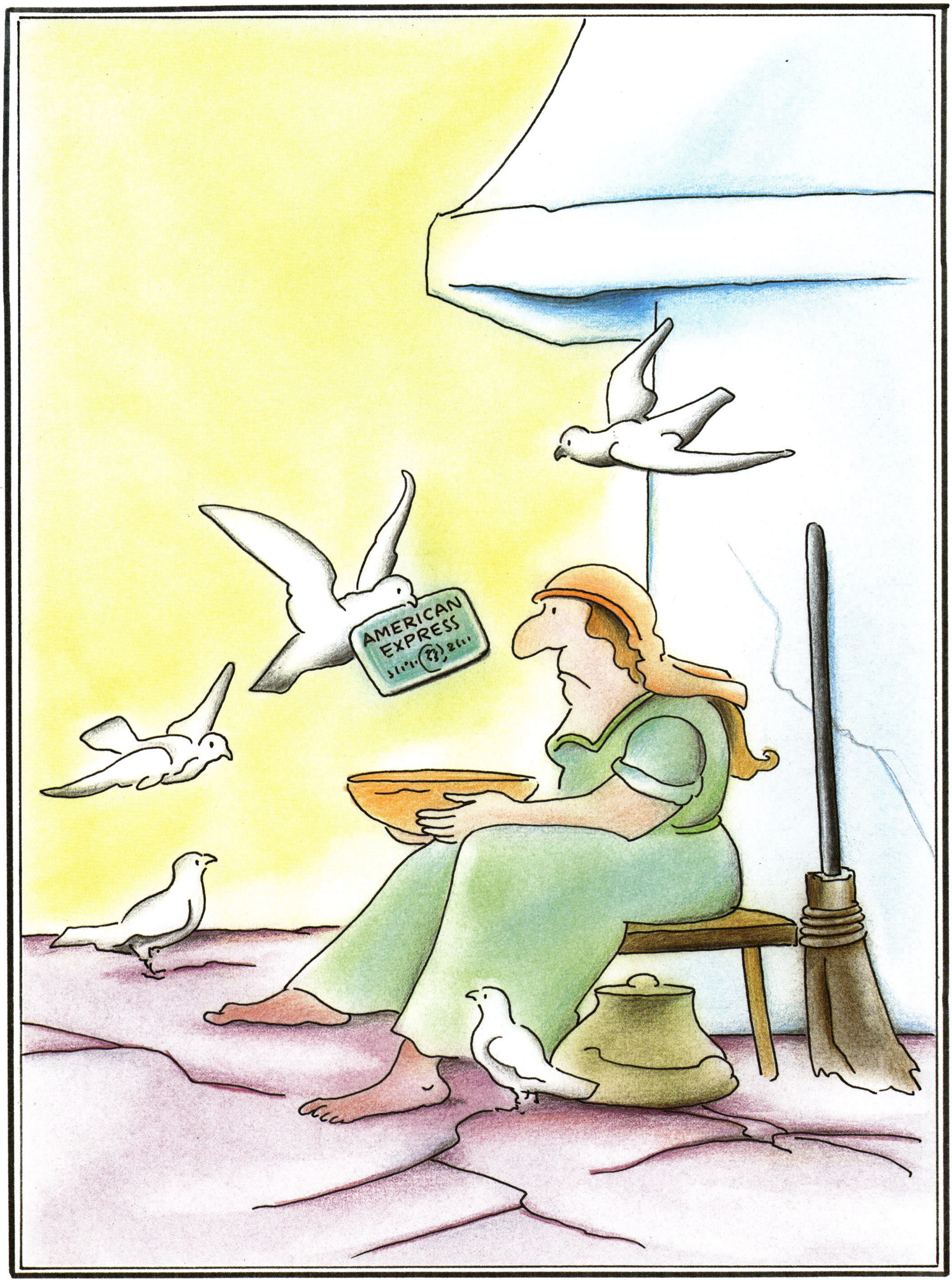
AMERICAN
EXPRESS

ASCHENPUTTEL

Als es nun Abend war, wollte Aschenputtel fort, und der Königssohn wollte es begleiten, aber es entsprang ihm so geschwind, daß er nicht folgen konnte. Der Königssohn hatte aber eine List gebraucht und hatte die ganze Treppe mit Pech bestreichen lassen: da war, als es hinabsprang, der linke Pantoffel des Mädchens hängen geblieben. Der Königssohn hob ihn auf, und er war klein und zierlich und ganz golden.

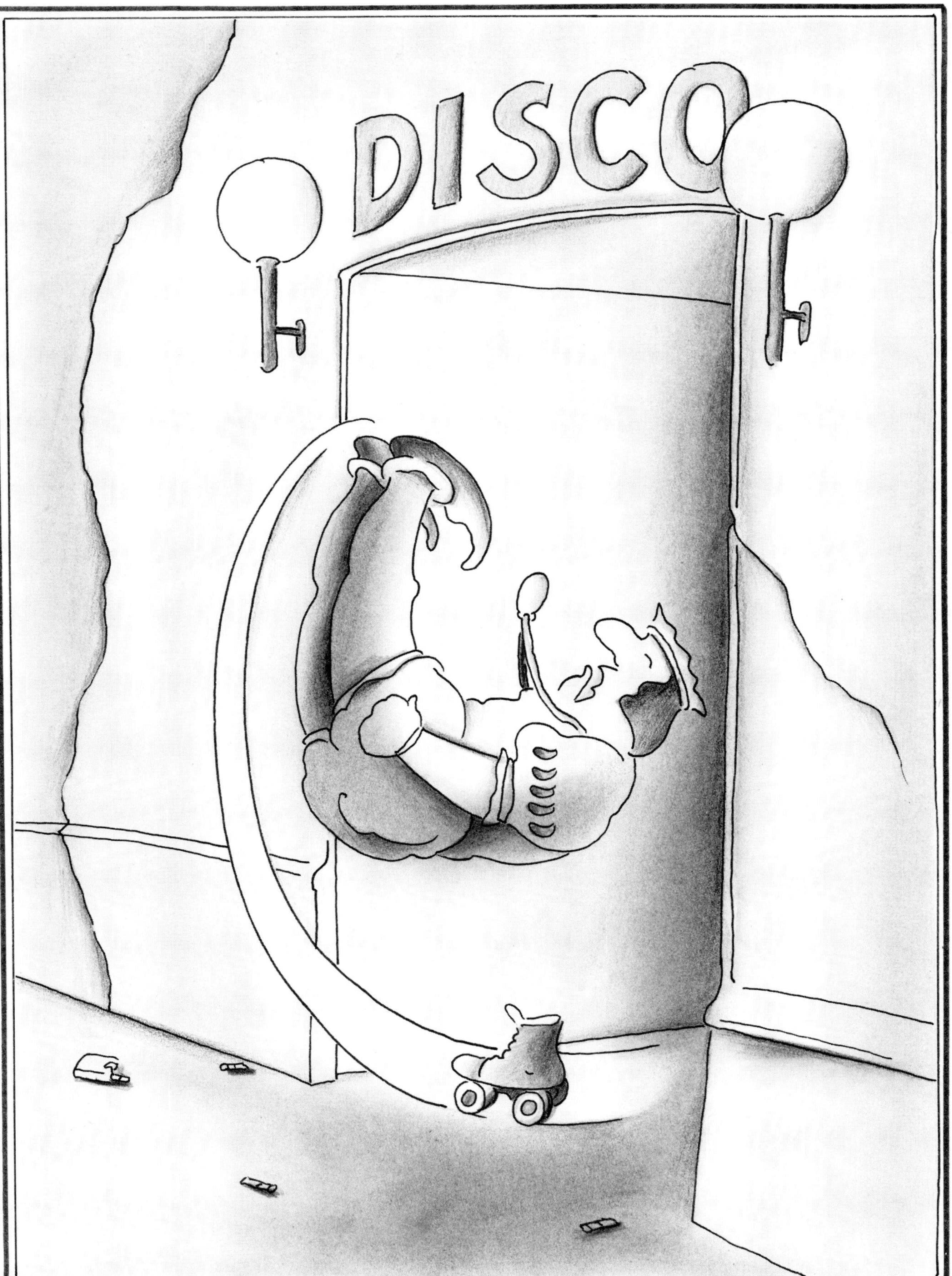
DISCO

ROTKÄPPCHEN

Es war einmal eine kleine süße Dirne, die hatte jedermann lieb, der sie nur ansah, am allerliebsten aber ihre Großmutter, die wußte gar nicht, was sie alles dem Kinde geben sollte. Einmal schenkte sie ihm ein Käppchen von rotem Sammet, und weil ihm das so wohl stand, und es nichts anders mehr tragen wollte, hieß es nur das Rotkäppchen. Eines Tages sprach seine Mutter zu ihm: »Komm, Rotkäppchen, da hast du ein Stück Kuchen und eine Flasche Wein, bring das der Großmutter hinaus; sie ist krank und schwach und wird sich daran laben. Mach dich auf, bevor es heiß wird, und wenn du hinauskommst, so geh hübsch sittsam und lauf nicht vom Weg ab: sonst fällst du und zerbrichst das Glas, und die Großmutter hat nichts. Und wenn du in ihre Stube kommst, so vergiß nicht, guten Morgen zu sagen, und guck nicht erst in alle Ecken herum.«

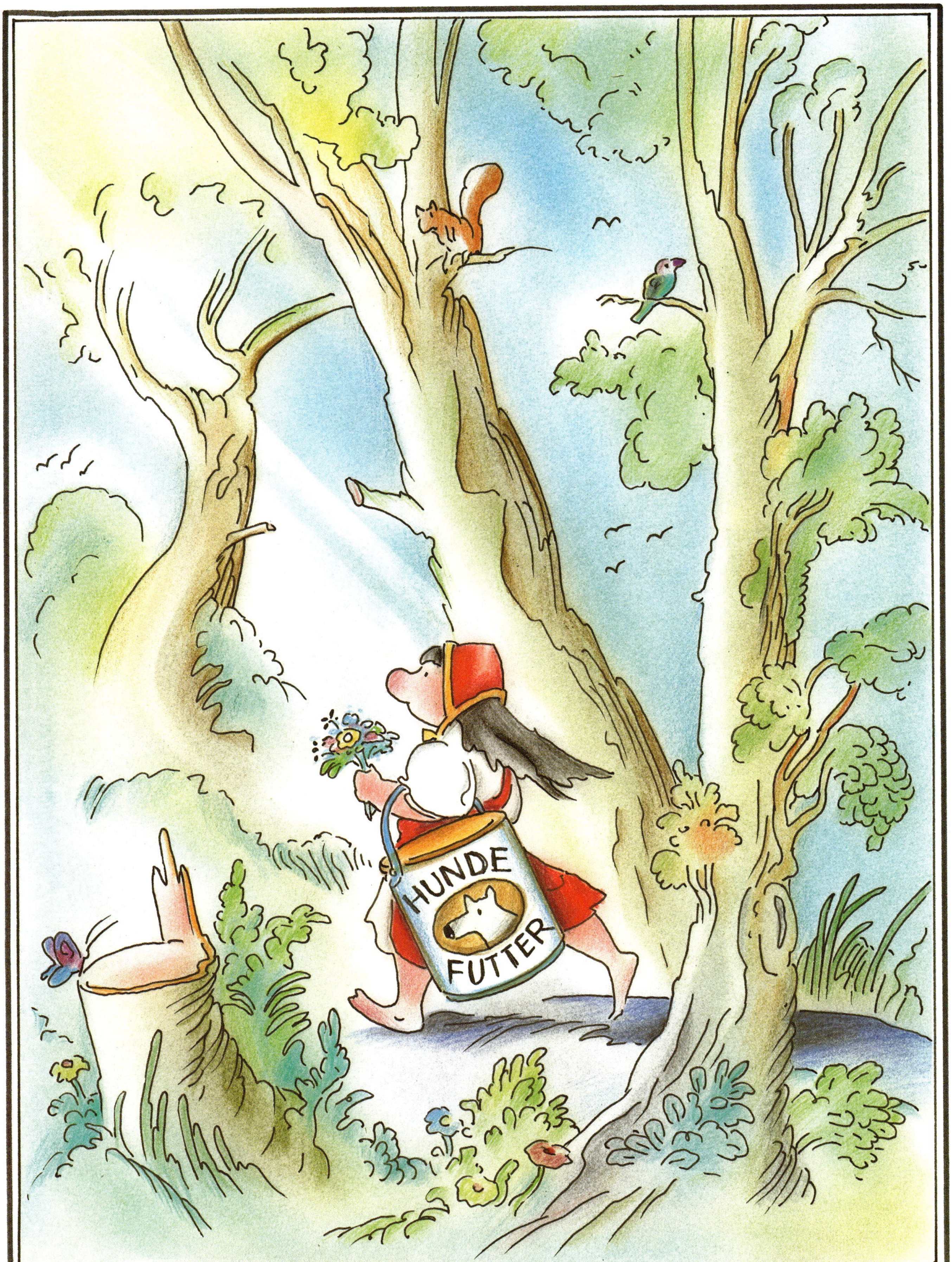
HUNDE
FUTTER

ROTKÄPPCHEN

Wie nun Rotkäppchen in den Wald kam, begegnete ihm der Wolf. Rotkäppchen aber wußte nicht, was das für ein böses Tier war, und fürchtete sich nicht vor ihm. »Guten Tag, Rotkäppchen«, sprach er. »Schönen Dank, Wolf.« – »Wo hinaus so früh, Rotkäppchen?« – »Zur Großmutter.« – »Was trägst du unter der Schürze?« – »Kuchen und Wein: gestern haben wir gebacken; da soll sich die kranke und schwache Großmutter etwas zu gut tun und sich damit stärken.«

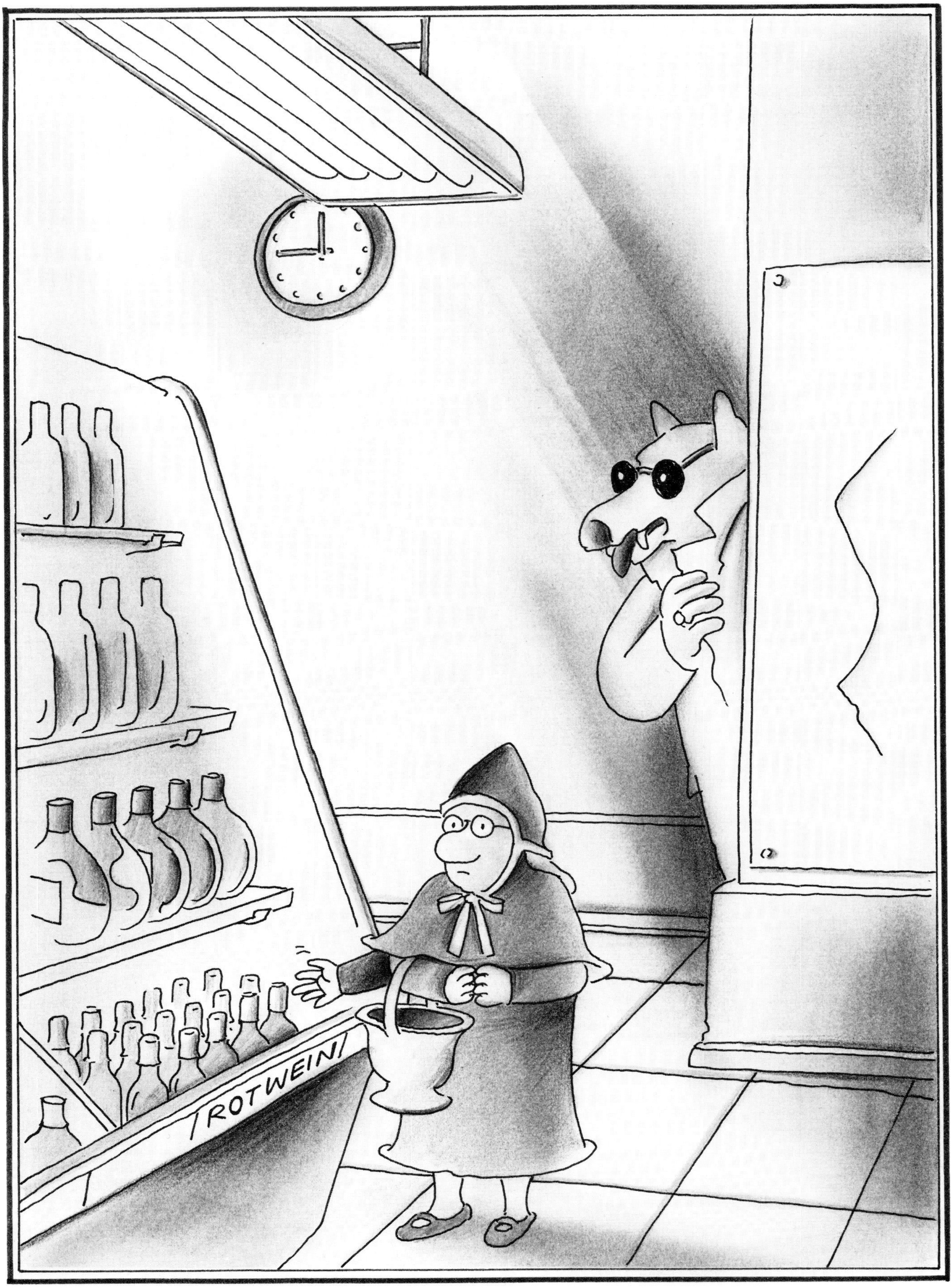
ROTWEIN

Der gestiefelte Kater

Dazumal regierte ein König in dem Land, der aß die Rebhühner so gern. Es war aber eine Not, daß keine zu kriegen waren. Der ganze Wald war voll, aber sie waren so scheu, daß kein Jäger sie erreichen konnte. Das wußte der Kater und gedacht', seine Sache besser zu machen. Als er in den Wald kam, tat er den Sack auf, breitete das Korn auseinander, die Schnur aber legte er ins Gras und leitete sie hinter eine Hecke. Da versteckte er sich selber, schlich herum und lauerte. Die Rebhühner kamen bald gelaufen, fanden das Korn, und eins nach dem andern hüpfte in den Sack hinein. Als eine gute Anzahl darin war, zog der Kater den Strick zu, lief herzu und drehte ihnen den Hals um. Dann warf er den Sack auf den Rücken und ging geradewegs nach des Königs Schloß.

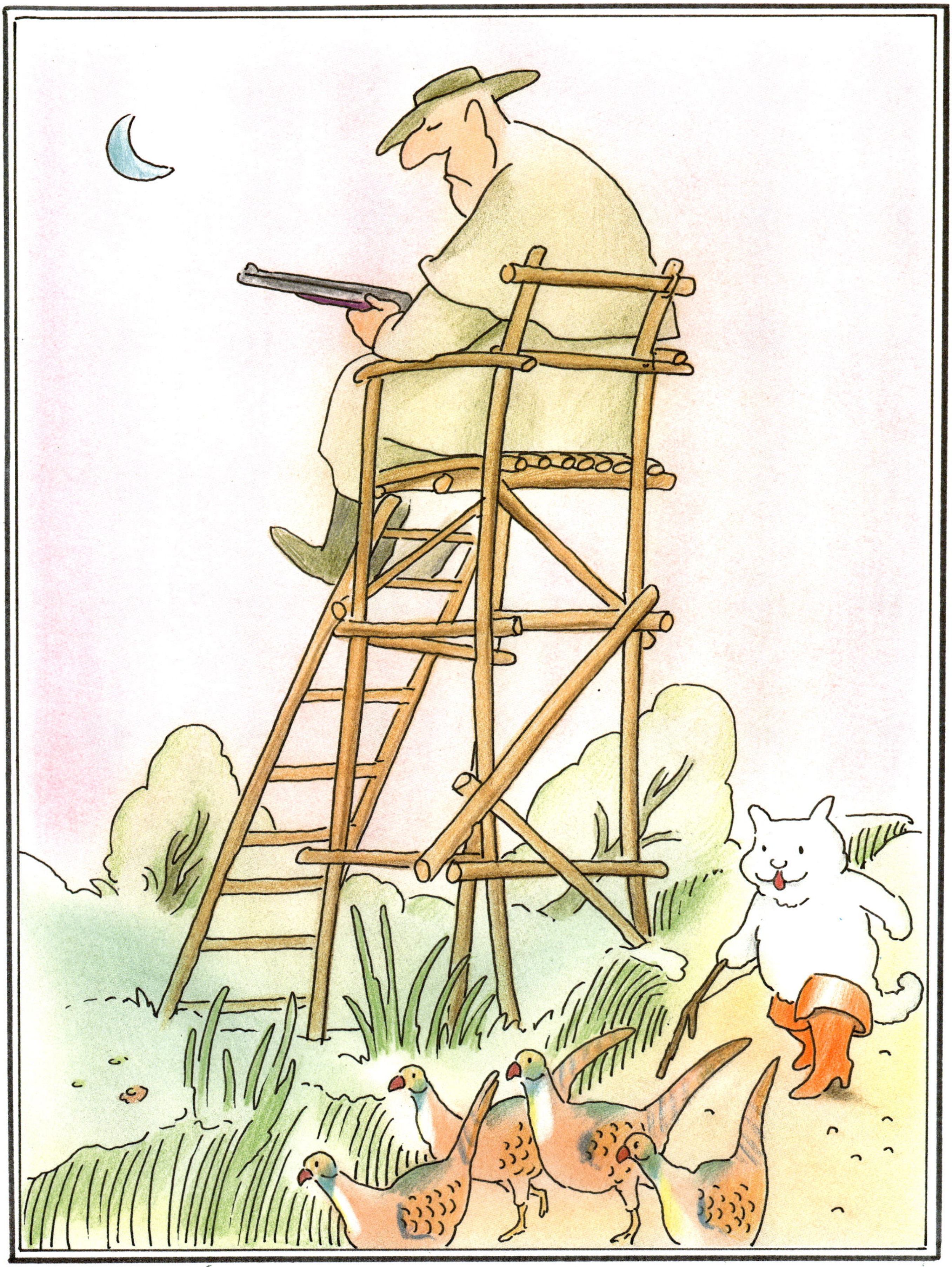

DER GESTIEFELTE KATER

Eine Weile später, als der Kater sah, daß der Zauberer seine vorherige Gestalt abgelegt hatte, kam er wieder herunter und gestand, daß er in großer Angst gewesen sei. »Man hat mir« sagte der Kater, »obendrein versichert, aber ich kann es kaum glauben, daß Ihr auch die Fähigkeit hättet, die Gestalt der kleinsten Tiere anzunehmen, zum Exempel Euch in eine Ratte, in eine Maus zu verwandeln; ich gestehe Euch, daß ich dies für rein unmöglich halte.« »Unmöglich?« gab der Zauberer zurück, »Das sollt Ihr sehen«, und augenblicklich verwandelte er sich in eine Maus, die auf dem Fußboden umherzulaufen begann. Der Kater hatte sie kaum bemerkt, als er sich über sie herwarf und sie auffraß.

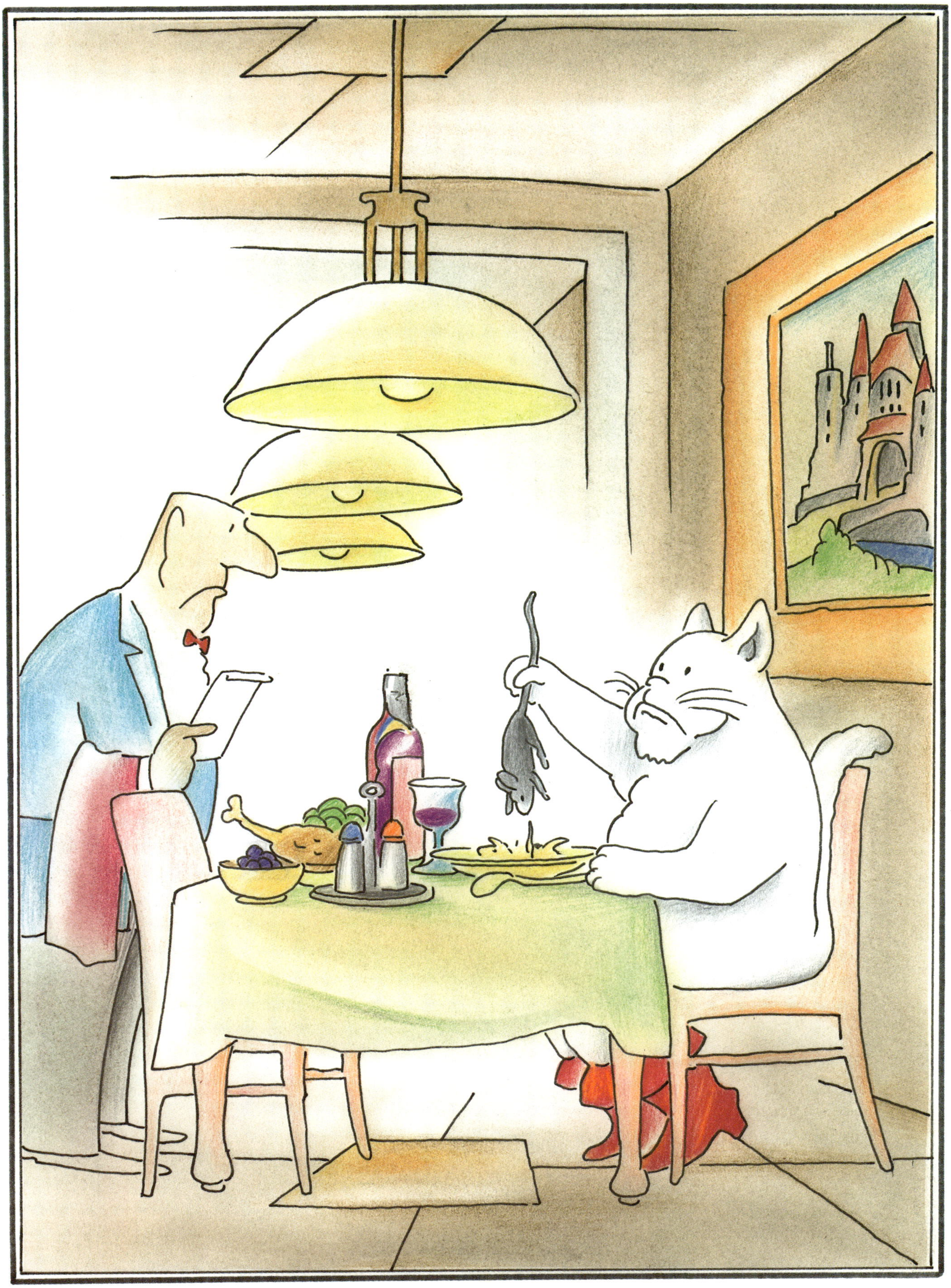

Frau Holle

Endlich kam es zu einem kleinen Haus, daraus guckte eine alte Frau, weil sie aber so große Zähne hatte, ward ihm angst, und es wollte fortlaufen. Die alte Frau aber rief ihm nach: »Was fürchtest du dich, liebes Kind? Bleib bei mir, wenn du alle Arbeit im Hause ordentlich tun willst, so soll dir's gut gehn. Du mußt nur acht geben, daß du mein Bett gut machst und es fleißig aufschüttelst, daß die Federn fliegen. Dann schneit es in der Welt; ich bin die Frau Holle.« Weil die Alte ihm so gut zusprach, so faßte sich das Mädchen ein Herz, willigte ein und begab sich in ihren Dienst. Es besorgte auch alles nach ihrer Zufriedenheit und schüttelte ihr das Bett immer gewaltig auf, daß die Federn wie Schneeflocken umherflogen; dafür hatte es auch ein gut Leben bei ihr, kein böses Wort und alle Tage Gesottenes und Gebratenes.

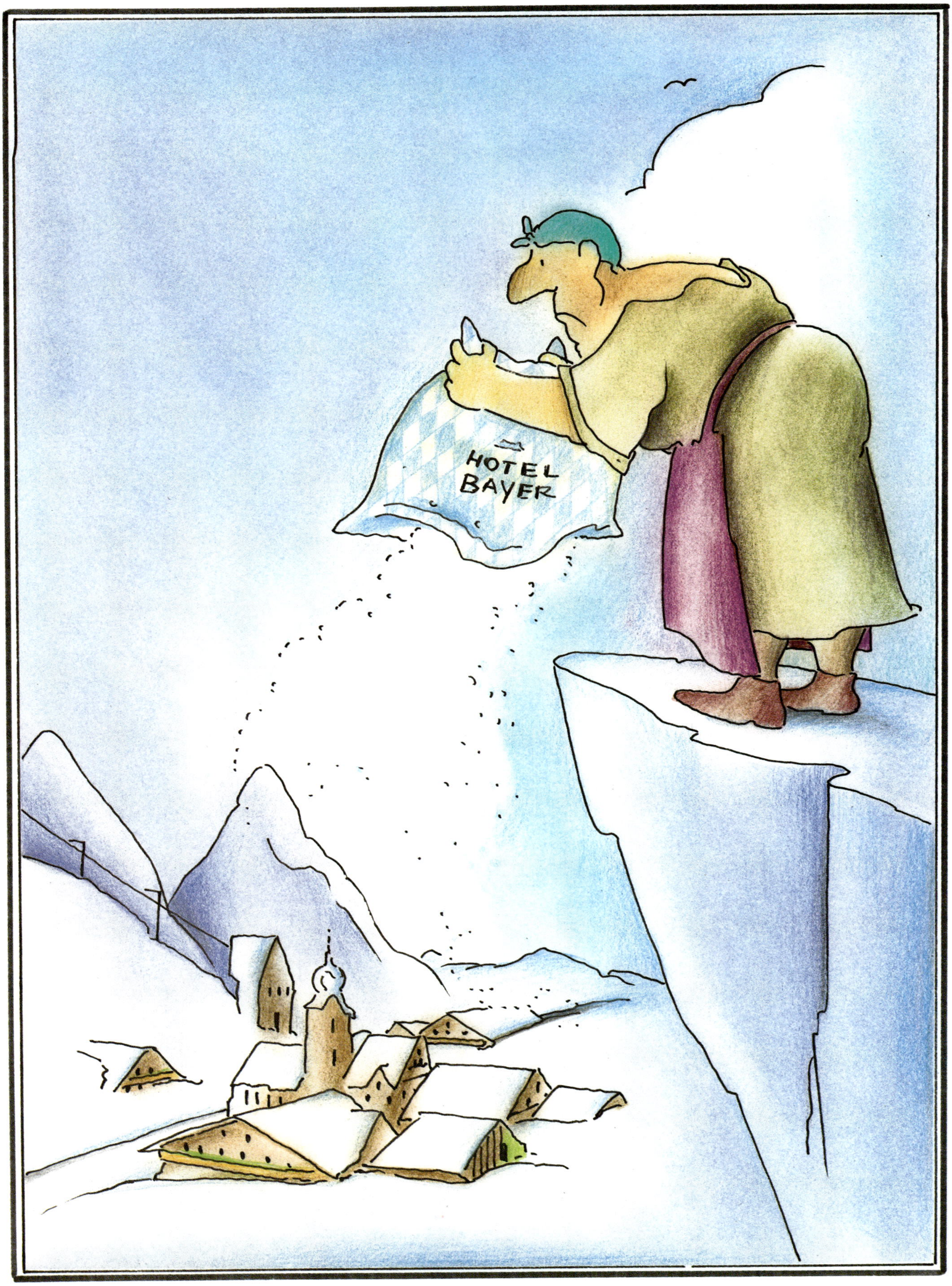
HOTEL
BAYER

Frau Holle

Am ersten Tag tat sie sich Gewalt an, war fleißig und folgte der Frau Holle, wenn sie ihr etwas sagte; denn sie dachte an das viele Gold, das sie ihr schenken würde; am zweiten Tag aber fing sie schon an zu faulenzen, am dritten noch mehr, da wollte sie morgens gar nicht aufstehen. Sie machte auch der Frau Holle das Bett nicht, wie sich's gebührte, und schüttelte es nicht, daß die Federn aufflogen. Das war die Frau Holle bald müde und sagte ihr den Dienst auf. Die Faule war das wohl zufrieden und meinte, nun würde der Goldregen kommen; die Frau Holle führte sie auch zu dem Tor, als sie aber darunter stand, ward statt des Goldes ein großer Kessel voll Pech ausgeschüttet.

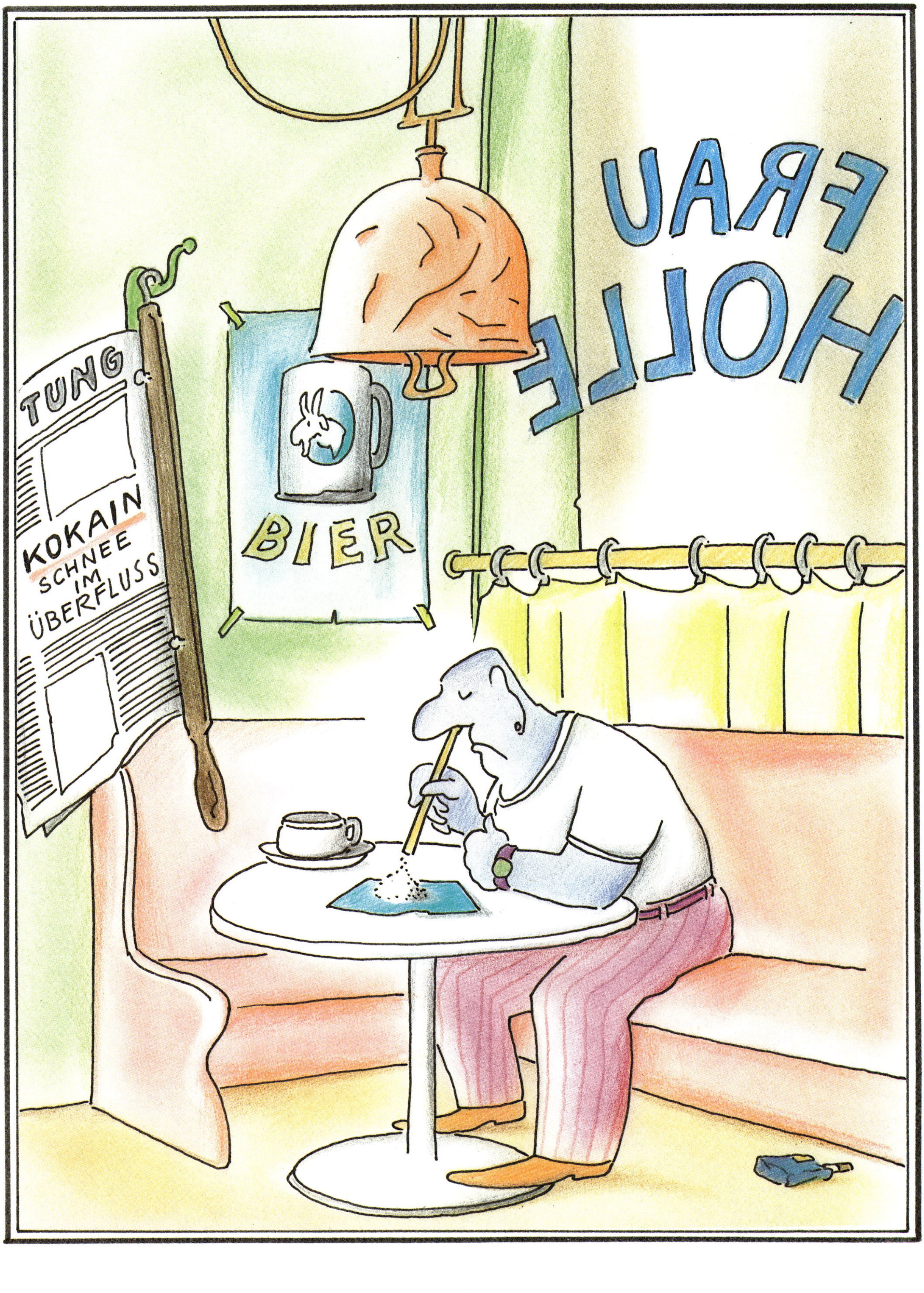

TUNG
KOKAIN
SCHNEE IM ÜBERFLUSS
BIER
FRAU HOLLE

Rapunzel

Es war einmal ein Mann und eine Frau, die wünschten sich schon lange vergeblich ein Kind; endlich machte sich die Frau Hoffnung, der liebe Gott werde ihren Wunsch erfüllen. Die Leute hatten in ihrem Hinterhaus ein kleines Fenster, daraus konnte man in einen prächtigen Garten sehen, der voll der schönsten Blumen und Kräuter stand; er war aber von einer hohen Mauer umgeben, und niemand wagte hinein zu gehen, weil er einer Zauberin gehörte, die große Macht hatte und von aller Welt gefürchtet ward. Eines Tages stand die Frau an diesem Fenster und sah in den Garten hinab; da erblickte sie ein Beet, das mit den schönsten Rapunzeln bepflanzt war: und sie sahen so frisch und grün aus, daß sie lüstern war und das größte Verlangen empfand, von den Rapunzeln zu essen. Das Verlangen nahm jeden Tag zu, und da sie wußte, daß sie keine davon bekommen konnte, so fiel sie ganz ab, sah blaß und elend aus. Da erschrak der Mann und fragte: »Was fehlt dir, liebe Frau?« – »Ach«, antwortete sie, »wenn ich keine Rapunzeln aus dem Garten hinter unserm Hause zu essen kriege, so sterbe ich.«

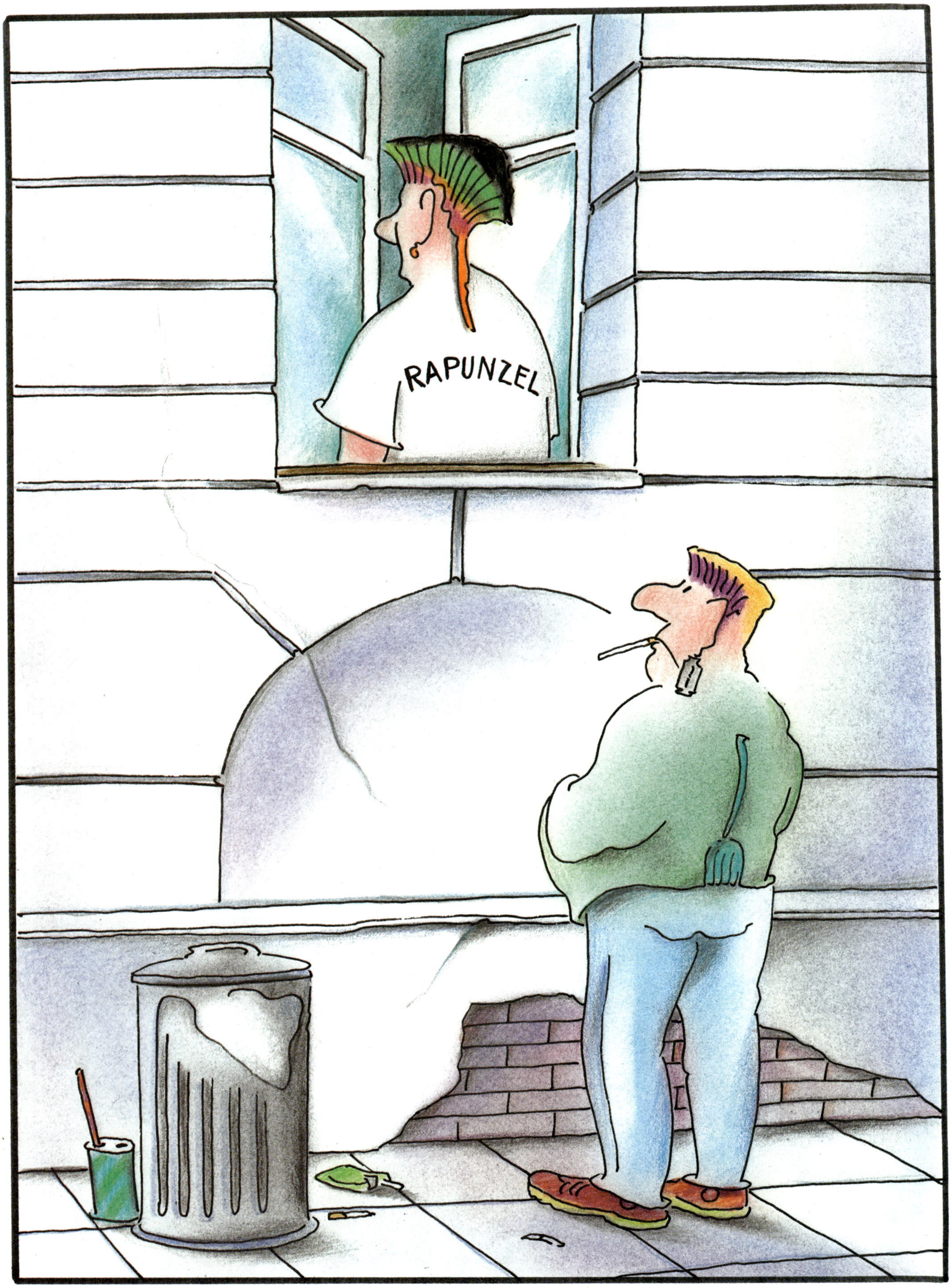
RAPUNZEL

RAPUNZEL

Rapunzel ward das schönste Kind unter der Sonne. Als es zwölf Jahre alt war, schloß es die Zauberin in einen Turm, der in einem Walde lag und weder Treppe noch Türe hatte; nur ganz oben war ein kleines Fensterchen. Wenn die Zauberin hinein wollte, so stellte sie sich unten hin und rief:
»Rapunzel, Rapunzel,
laß mir dein Haar herunter.«
Rapunzel hatte lange prächtige Haare, fein wie gesponnen Gold. Wenn sie nun die Stimme der Zauberin vernahm, so band sie ihre Zöpfe los, wickelte sie oben um einen Fensterhaken, und dann fielen die Haare zwanzig Ellen tief herunter, und die Zauberin stieg daran hinauf.

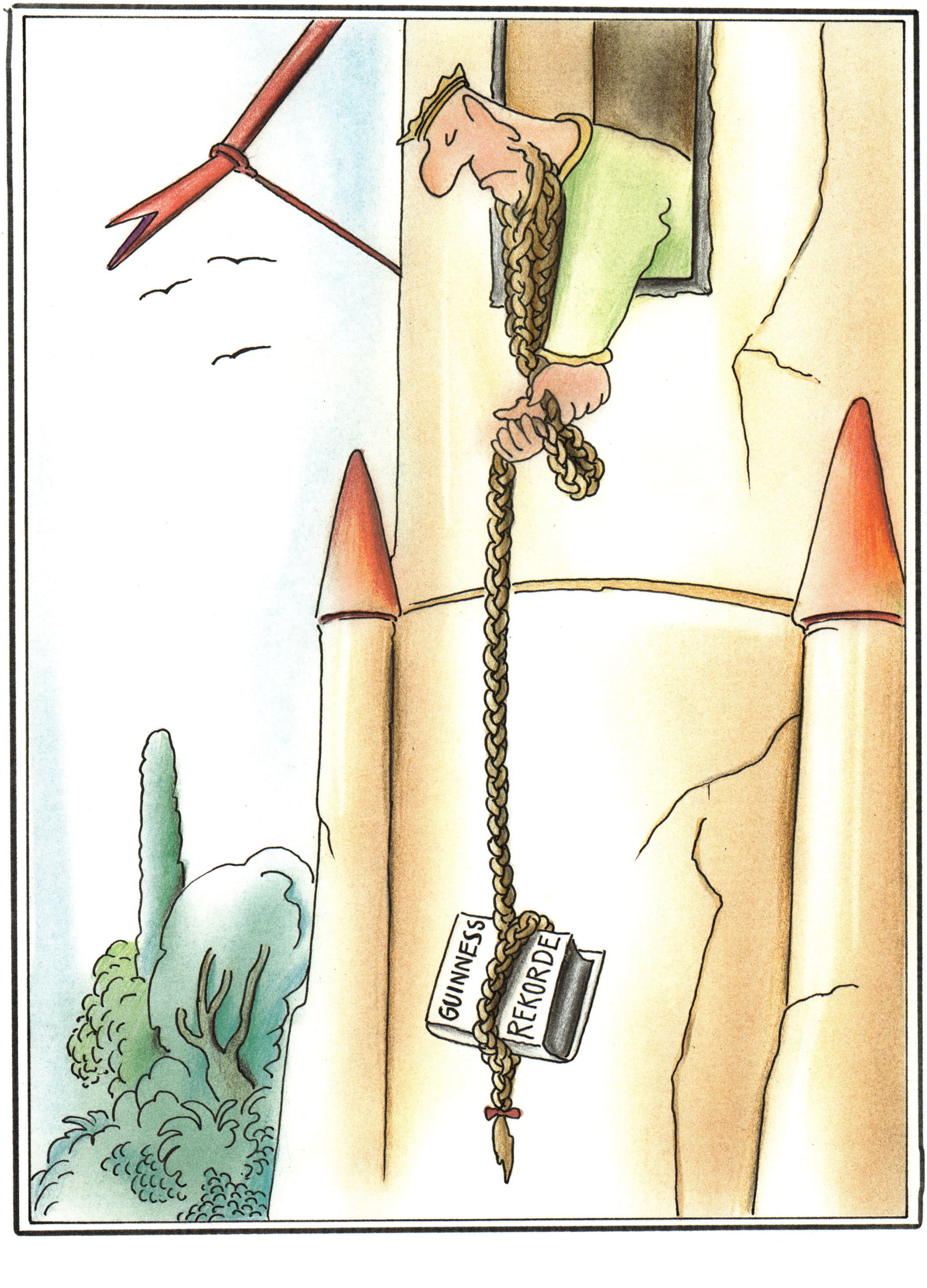
GUINNESS
REKORDE

DIE BREMER STADTMUSIKANTEN

Da saß auf dem Tor der Haushahn und schrie aus Leibeskräften. »Du schreist einem durch Mark und Bein«, sprach der Esel, »was hast du vor?« – »Da hab' ich gut Wetter prophezeit«, sprach der Hahn, »weil unserer lieben Frauen Tag ist, wo sie dem Christkindlein die Hemdchen gewaschen hat und sie trocknen will; aber weil morgen zum Sonntag Gäste kommen, so hat die Hausfrau doch kein Erbarmen und hat der Köchin gesagt, sie wollte mich morgen in der Suppe essen, und da soll ich mir heut' Abend den Kopf abschneiden lassen. Nun schrei' ich aus vollem Hals, solang ich noch kann.« – »Ei was, du Rotkopf«, sagte der Esel, »zieh lieber mit uns fort, wir gehen nach Bremen, etwas Besseres als den Tod findest du überall; du hast eine gute Stimme, und wenn wir zusammen musizieren, so muß es eine Art haben.« Der Hahn ließ sich den Vorschlag gefallen, und sie gingen alle viere zusammen fort.

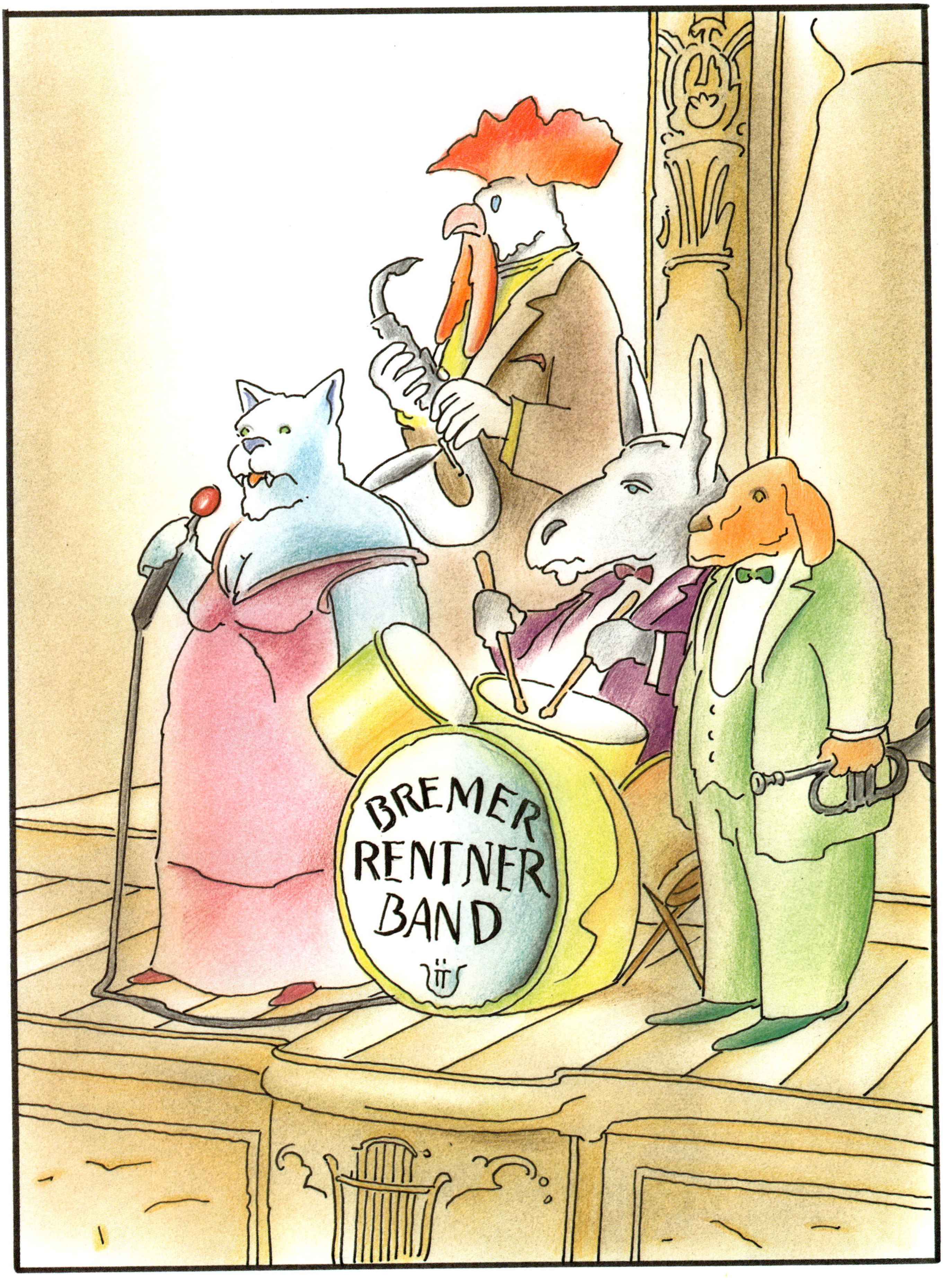
BREMER
RENTNER
BAND

Daumesdick

Es war ein armer Bauersmann, der saß abends beim Herd und schürte das Feuer, und die Frau saß und spann. Da sprach er: »Wie ist's so traurig, daß wir keine Kinder haben! Es ist so still bei uns, und in den anderen Häusern ist's so laut und lustig.« – »Ja«, antwortete die Frau und seufzte, »wenn's nur ein einziges wäre, und wenn's auch ganz klein wäre, nur Daumens groß, so wollt' ich schon zufrieden sein; wir hätten's doch von Herzen lieb.« Nun geschah es, daß die Frau kränklich ward und nach sieben Monaten ein Kind gebar, das zwar an allen Gliedern vollkommen, aber nicht länger als ein Daumen war. Da sprachen sie: »Es ist, wie wir es gewünscht haben, und es soll unser liebes Kind sein«, und nannten es nach seiner Gestalt Daumesdick.

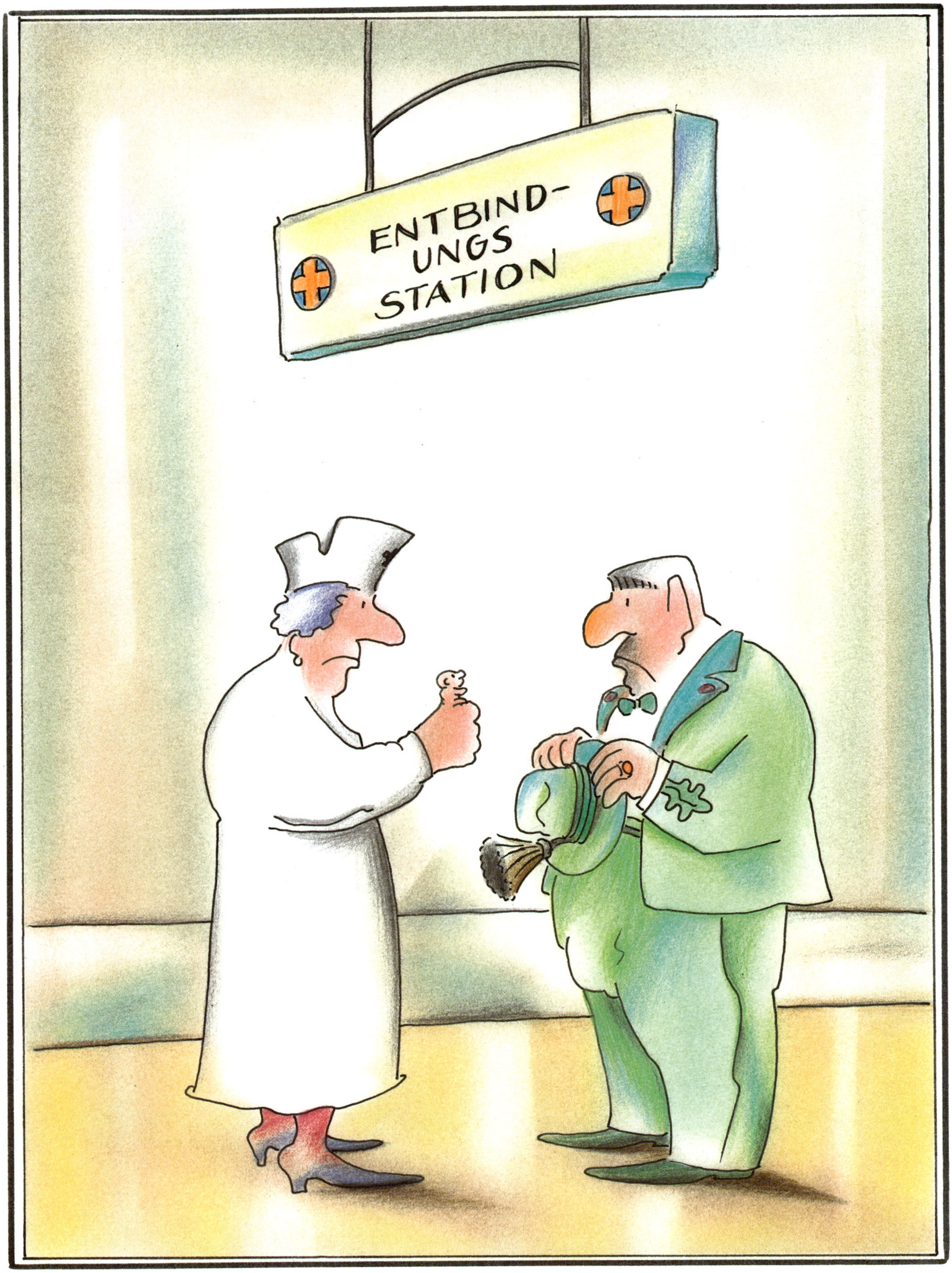

ENTBIND-
UNGS
STATION

König Drosselbart

Als sie in einen großen Wald kamen, da fragte sie:
»Ach, wem gehört der schöne Wald?«
»Der gehört dem König Drosselbart;
hättst du'n genommen, so wär' er dein.«
»Ich arme Jungfer zart,
ach, hätt' ich genommen den König Drosselbart!«
Darauf kamen sie über eine Wiese; da fragte sie wieder:
»Wem gehört die schöne grüne Wiese?«
»Sie gehört dem König Drosselbart;
hättst du'n genommen, so wär' sie dein.«
»Ich arme Jungfer zart,
ach, hätt' ich genommen den König Drosselbart!«

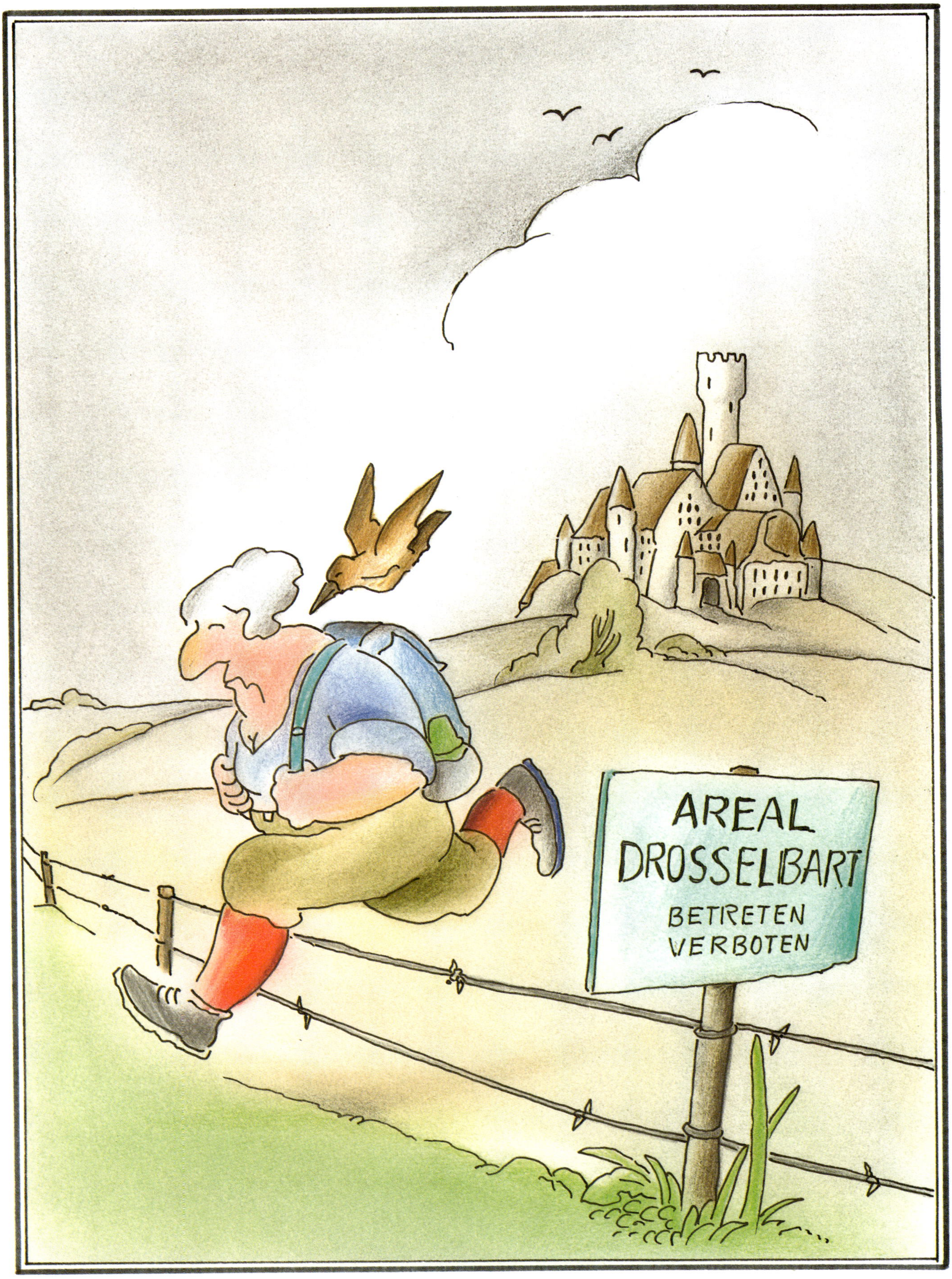
AREAL
DROSSELBART
BETRETEN
VERBOTEN

Das tapfere Schneiderlein

Indes stieg der Geruch von dem süßen Mus hinauf an die Wand, wo die Fliegen in großer Menge saßen, so daß sie herangelockt wurden und sich scharenweis darauf niederließen. »Ei, wer hat euch eingeladen?« sprach das Schneiderlein und jagte die ungebetenen Gäste fort. Die Fliegen aber, die kein Deutsch verstanden, ließen sich nicht abweisen, sondern kamen in immer größerer Gesellschaft wieder. Da lief dem Schneiderlein endlich, wie man sagt, die Laus über die Leber, es langte aus seiner Hölle nach einem Tuchlappen und: »Wart, ich will es euch geben!« schlug es unbarmherzig drauf. Als es abzog und zählte, so lagen nicht weniger als sieben vor ihm tot und streckten die Beine.

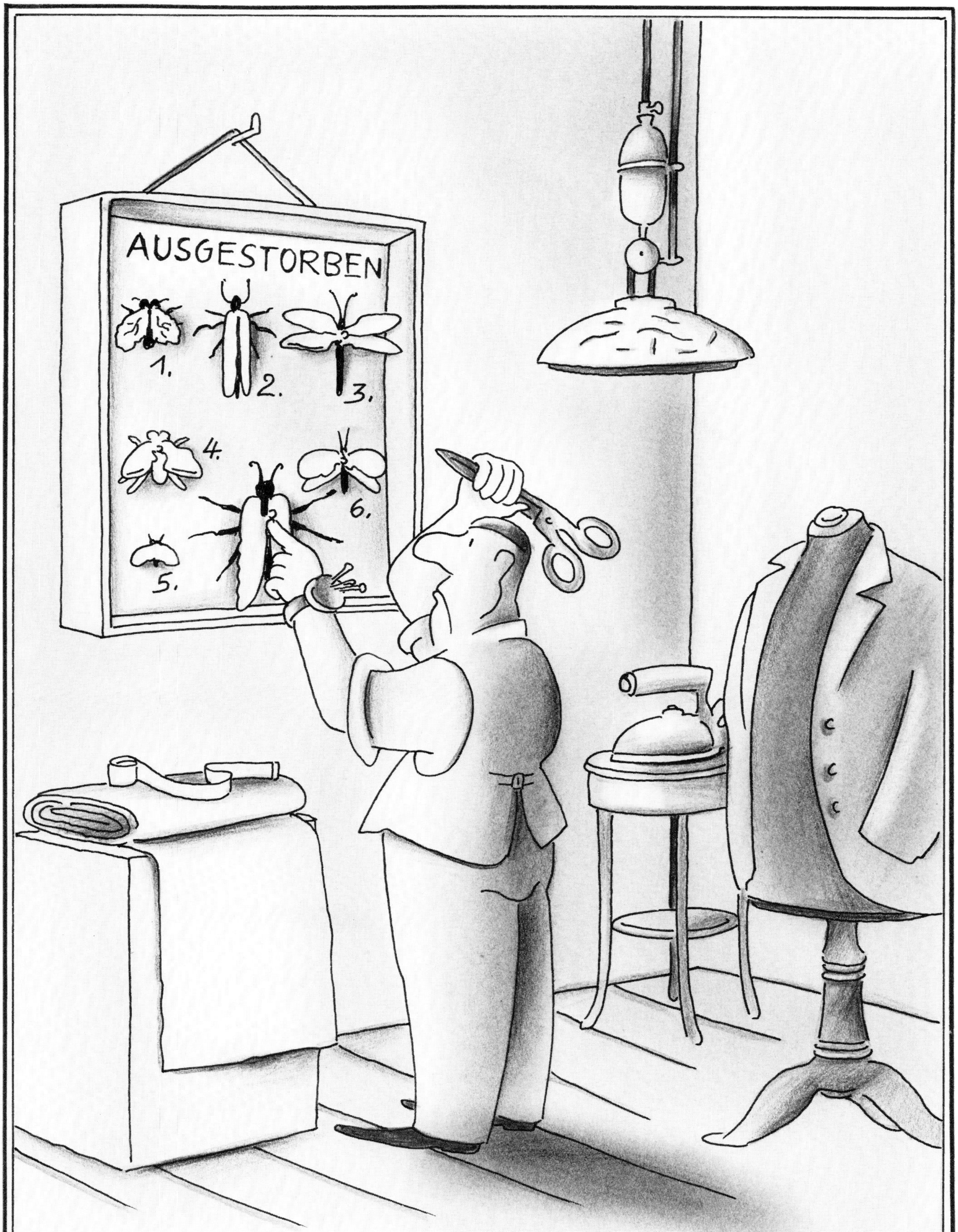
AUSGESTORBEN
1.
2.
3.
4.
5.
6.

BRÜDERCHEN UND SCHWESTERCHEN

Die böse Stiefmutter aber war eine Hexe und hatte wohl gesehen, wie die beiden Kinder fortgegangen waren, war ihnen nachgeschlichen, heimlich, wie die Hexen schleichen, und hatte alle Brunnen im Walde verwünscht. Als sie nun ein Brünnlein fanden, das so glitzerig über die Steine sprang, wollte das Brüderchen daraus trinken: aber das Schwesterchen hörte, wie es im Rauschen sprach: »Wer aus mir trinkt, wird ein Tiger, wer aus mir trinkt, wird ein Tiger.« – Da rief das Schwesterchen: »Ich bitte dich, Brüderchen, trink nicht, sonst wirst du ein wildes Tier und zerreißest mich.« Das Brüderchen trank nicht, ob es gleich so großen Durst hatte, und sprach: »Ich will warten bis zur nächsten Quelle.« Als sie zum zweiten Brünnlein kamen, hörte das Schwesterchen, wie auch dieses sprach: »Wer aus mir trinkt, wird ein Wolf, wer aus mir trinkt, wird ein Wolf.« – Da rief das Schwesterchen: »Brüderchen, ich bitte dich, trink nicht, sonst wirst du ein Wolf und frissest mich.« – Das Brüderchen trank nicht und sprach: »Ich will warten, bis wir zur nächsten Quelle kommen, aber dann muß ich trinken, du magst sagen, was du willst: mein Durst ist gar zu groß.«

BRÜDERCHEN
UND
CHWESTERCHEN

DER HASE UND DER IGEL

So begev et sick, dat up der Buxtehuder Heid de Swinegel den Haasen doot loopen hett, un sied jener Tied hatt et sick keen Haas wedder infallen laten, mit'n Buxtehuder Swinegel in de Wett to loopen.

De Lehre aver uut disser Geschicht is erstens, datt keener, un wenn he sick ook noch so vörnehm dücht, sick sall bikommen laten, övern geringen Mann sick lustig to maken, un wöört ook man'n Swinegel. Un tweetens, datt es gerahden is, wenn eener freet, datt he sick'ne Fro uut sienem Stande nimmt, un de jüst so uutsüht as he sülwst. Wer also en Swinegel is, de mutt tosehn, datt siene Fro ook en Swinegel is, un so wieder.

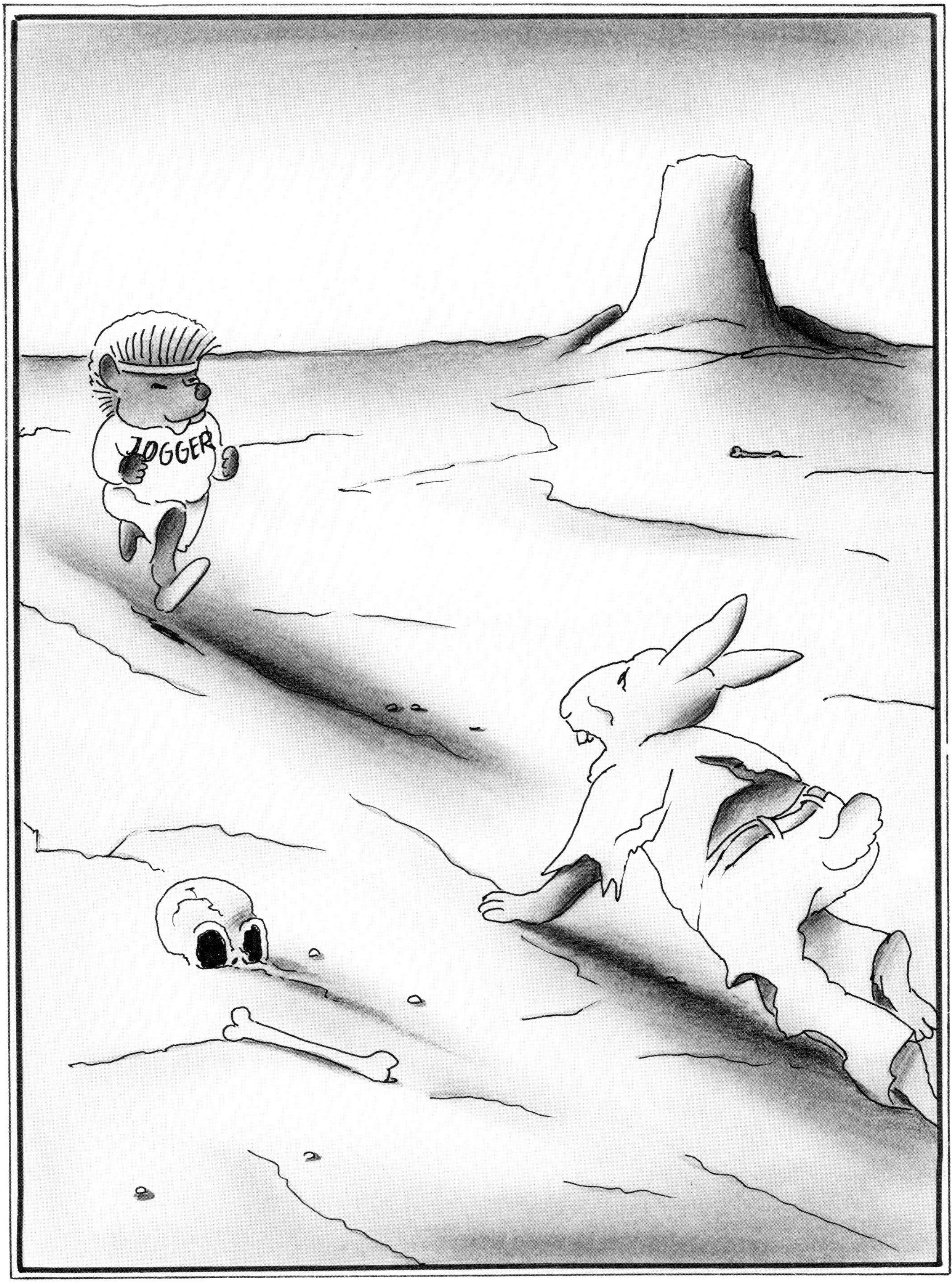
JOGGER

DIE STERNTALER

Da kam noch eins und bat um ein Hemdlein, und das fromme Mädchen dachte: »Es ist dunkle Nacht, da sieht dich niemand, du kannst wohl dein Hemd weggeben«, und zog das Hemd ab und gab es auch noch hin. Und wie es so stand und gar nichts mehr hatte, fielen auf einmal die Sterne vom Himmel und waren lauter harte blanke Taler: und ob es gleich sein Hemdlein weggegeben, so hatte es ein neues an, und das war vom allerfeinsten Linnen. Da sammelte es sich die Taler hinein und war reich für sein Lebtag.

87

HANS IM GLÜCK

Wie er so dahin ging und immer ein Bein vor das andere setzte, kam ihm ein Reiter in die Augen, der frisch und fröhlich auf einem muntern Pferd vorbeitrabte. »Ach«, sprach Hans ganz laut, »was ist das Reiten ein schönes Ding! Da sitzt einer wie auf einem Stuhl, stößt sich an keinen Stein, spart die Schuh und kommt fort, er weiß nicht wie.« Der Reiter, der das gehört hatte, hielt an und rief: »Ei, Hans, warum läufst du auch zu Fuß?« »Ich muß ja wohl«, antwortete er, »da habe ich einen Klumpen heim zu tragen: es ist zwar Gold, aber ich kann den Kopf dabei nicht grad halten, auch drückt mir's auf die Schultern.« »Weißt du was«, sagte der Reiter, »wir wollen tauschen: ich gebe dir mein Pferd, und du gibst mir deinen Klumpen.« »Von Herzen gern«, sprach Hans, »aber ich sage Euch, Ihr müßt Euch damit schleppen.« Der Reiter stieg ab, nahm das Gold und half dem Hans hinauf, gab ihm die Zügel fest in die Hände und sprach: »Wenn's nun recht geschwind soll gehen, so mußt du mit der Zunge schnalzen und hopp, hopp rufen.«

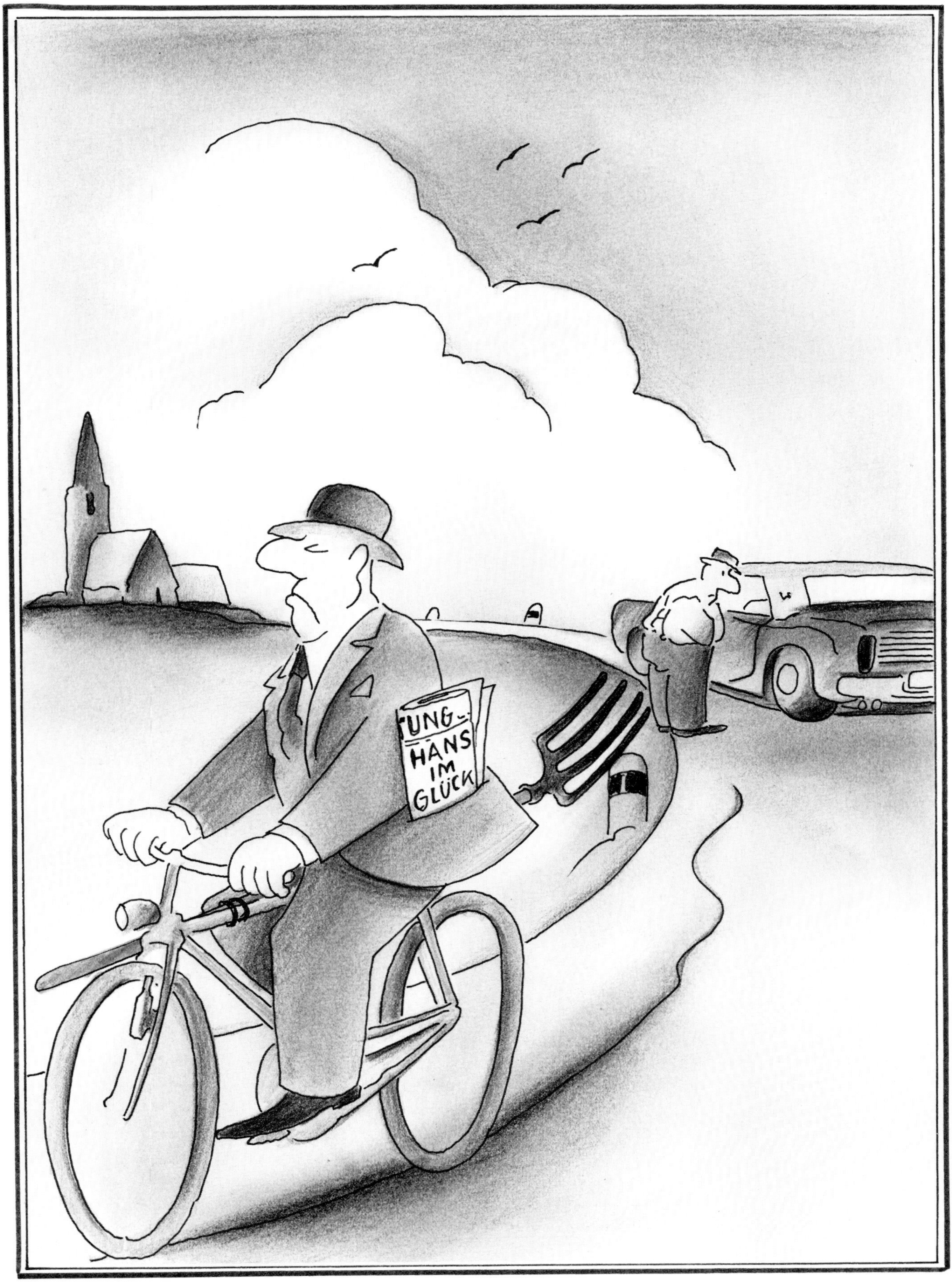
UNG
HANS IM GLÜCK

MÄRCHEN VON EINEM, DER AUSZOG, DAS FÜRCHTEN ZU LERNEN

Aber der junge König, so lieb er seine Gemahlin hatte und so vergnügt er war, sagte doch immer: »Wenn mir nur gruselte, wenn mir nur gruselte.« Das verdroß sie endlich. Ihr Kammermädchen sprach: »Ich will Hilfe schaffen, das Gruseln soll er schon lernen.« Sie ging hinaus zum Bach, der durch den Garten floß, und ließ sich einen ganzen Eimer voll Gründlinge holen. Nachts, als der junge König schlief, mußte seine Gemahlin ihm die Decke wegziehen und den Eimer voll kalt Wasser mit den Gründlingen über ihn herschütten, daß die kleinen Fische um ihn herum zappelten. Da wachte er auf und rief: »Ach, was gruselt mir, was gruselt mir, liebe Frau! Ja, nun weiß ich, was Gruseln ist.«

91

DER ZAUNKÖNIG

Aber keiner konnte es dem Adler gleich tun, der stieg so hoch, daß er der Sonne hätte die Augen aushacken können. Und als er sah, daß die andern nicht zu ihm heraufkonnten, so dachte er: »Was willst du noch höher fliegen, du bist doch der König«, und fing an, sich wieder herabzulassen. Die Vögel unter ihm riefen ihm alle gleich zu: »Du mußt unser König sein, keiner ist höher geflogen als du.« – »Ausgenommen ich«, schrie der kleine Kerl ohne Namen, der sich in die Brustfedern des Adlers verkrochen hatte. Und da er nicht müde war, so stieg er auf und stieg so hoch, daß er Gott auf seinem Stuhle konnte sitzen sehen. Als er aber so weit gekommen war, legte er seine Flügel zusammen, sank herab und rief unten mit feiner durchdringender Stimme: »König bün ick! König bün ick!«
»Du unser König?« schrien die Vögel zornig. »Durch Ränke und Listen hast du es dahin gebracht.«

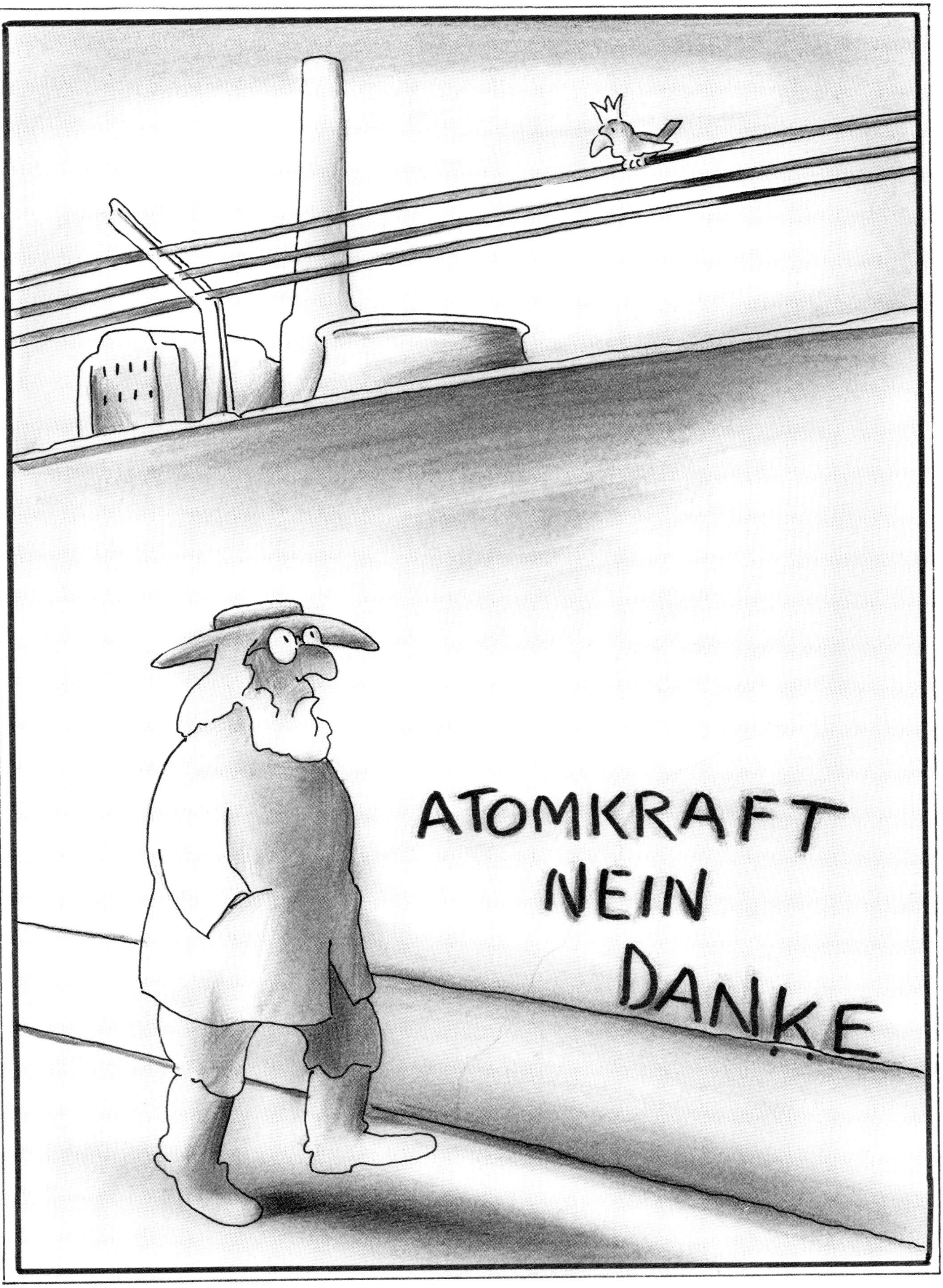
ATOMKRAFT
NEIN
DANKE

Von dem Fischer und syner Fru

As he an de See köhm, wöör dat Water ganß vigelett un dunkelblau un grau un dick un goor nich meer so gröön un geel, doch wöör't noch still. Do güng he staan un säd:

»Manntje, Manntje, Timpe Te,
Buttje, Buttje, in der See,
myne Fru de Ilsebill
will nich so, as ik wol will.«

»Na, wat will se denn?« säd de Butt. »Ach«, säd de Mann half bedrööft, »se will in'n groot stenern Slott wanen.«
– »Ga man hen, se stait vör de Döhr«, säd de Butt.

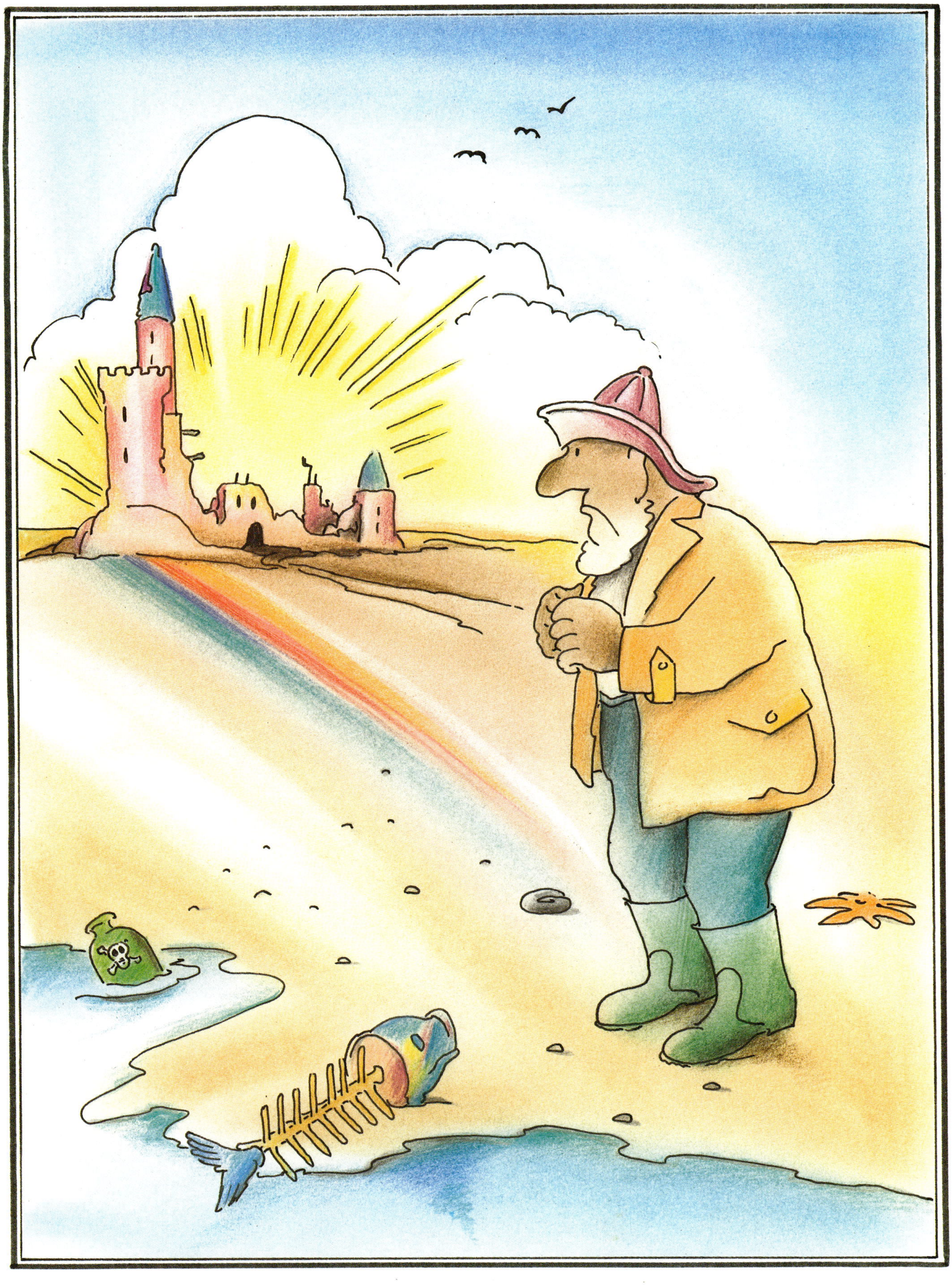

SCHNEEWEIẞCHEN UND ROSENROT

Nach einiger Zeit schickte die Mutter die Kinder in den Wald, Reisig zu sammeln. Da fanden sie draußen einen großen Baum, der lag gefällt auf dem Boden, und an dem Stamme sprang zwischen dem Gras etwas auf und ab, sie konnten aber nicht unterscheiden, was es war. Als sie näher kamen, sahen sie einen Zwerg mit einem alten, verwelkten Gesicht und einem ellenlangen schneeweißen Bart. Das Ende des Bartes war in eine Spalte des Baums eingeklemmt, und der Kleine sprang hin und her wie ein Hündchen an einem Seil und wußte nicht, wie er sich helfen sollte. Er glotzte die Mädchen mit seinen roten feurigen Augen an und schrie: »Was steht ihr da! Könnt ihr nicht herbeigehen und mir Beistand leisten?« »Was hast du angefangen, kleines Männchen?« fragte Rosenrot. »Dumme neugierige Gans«, antwortete der Zwerg, »den Baum habe ich mir spalten wollen, um kleines Holz in der Küche zu haben; bei den dicken Klötzen verbrennt gleich das bißchen Speise, das unsereiner braucht, der nicht so viel hinunterschlingt als ihr grobes, gieriges Volk. Ich hatte den Keil schon glücklich hineingetrieben, und es wäre alles nach Wunsch gegangen, aber das verwünschte Holz war zu glatt und sprang unversehens heraus, und der Baum fuhr so geschwind zusammen, daß ich meinen schönen weißen Bart nicht mehr herausziehen konnte; nun steckt er drin, und ich kann nicht fort.« Da lachen die albernen glatten Milchgesichter! »Pfui, was seid ihr garstig!« Die Kinder gaben sich alle Mühe, aber sie konnten den Bart nicht herausziehen, er steckte zu fest. »Ich will laufen und Leute herbeiholen«, sagte Rosenrot. »Wahnsinnige Schafsköpfe«, schnarrte der Zwerg, »wer wird gleich Leute herbeirufen, ihr seid mir schon um zwei zu viel; fällt euch nichts Besseres ein?« »Sei nur nicht ungeduldig«, sagte Schneeweißchen, »ich will schon Rat schaffen«, holte sein Scherchen aus der Tasche und schnitt das Ende des Bartes ab.

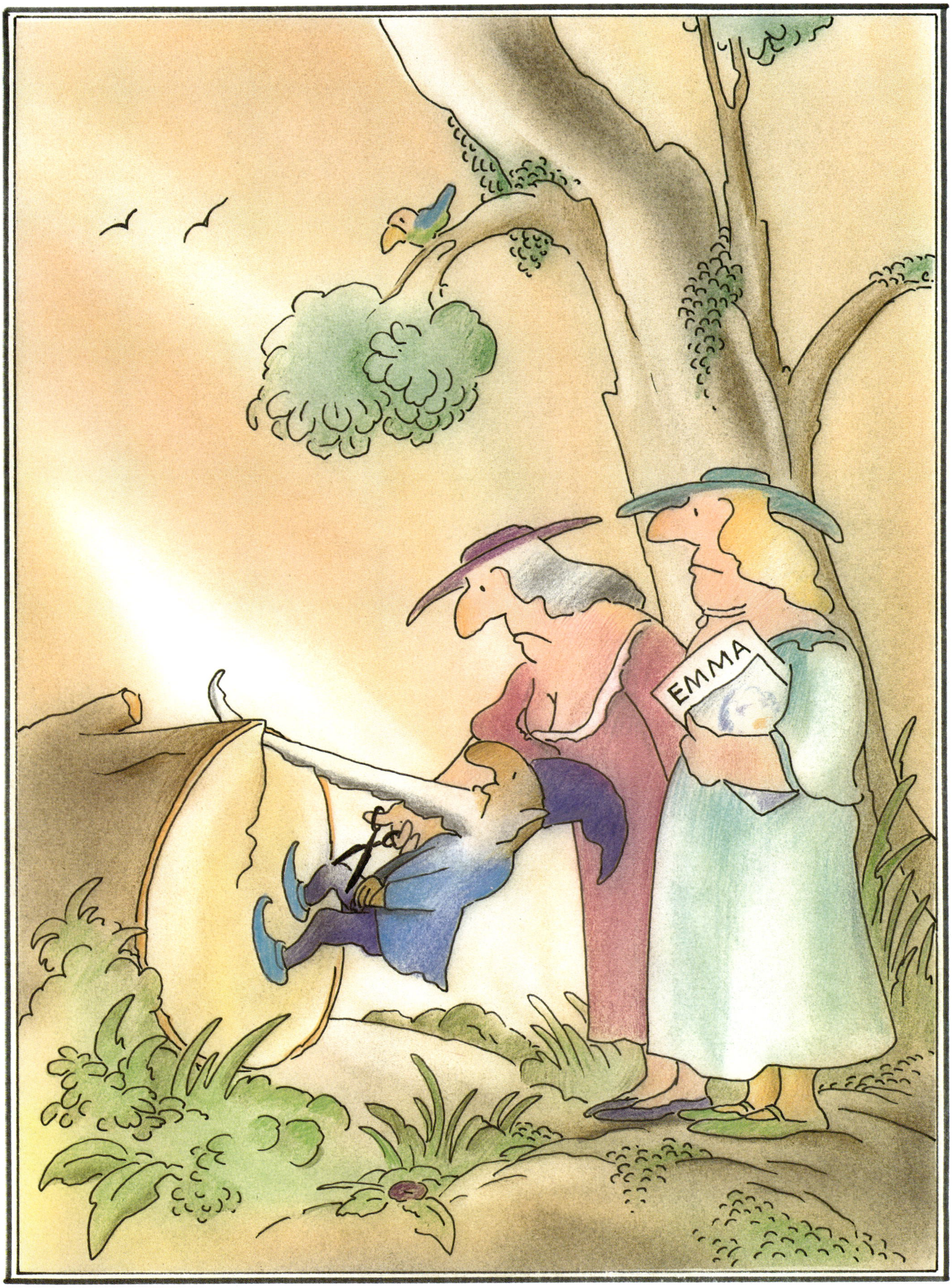
EMMA

DIE SIEBEN SCHWABEN

Hierauf zogen sie weiter. Die zweite Gefährlichkeit, die sie erlebten, kann aber mit der ersten nicht verglichen werden. Nach etlichen Tagen trug sie ihr Weg durch ein Brachfeld, da saß ein Hase in der Sonne und schlief, streckte die Ohren in die Höhe und hatte die großen gläsernen Augen starr aufstehen. Da erschraken sie bei dem Anblick des grausamen und wilden Tieres insgesamt und hielten Rat, was zu tun, das wenigst gefährliche wäre. Denn so sie fliehen wollten, war zu besorgen, das Ungeheuer setzte ihnen nach und verschlänge sie alle mit Haut und Haar. Also sprachen sie: »Wir müssen einen großen und gefährlichen Kampf bestehen, frisch gewagt ist halb gewonnen!«

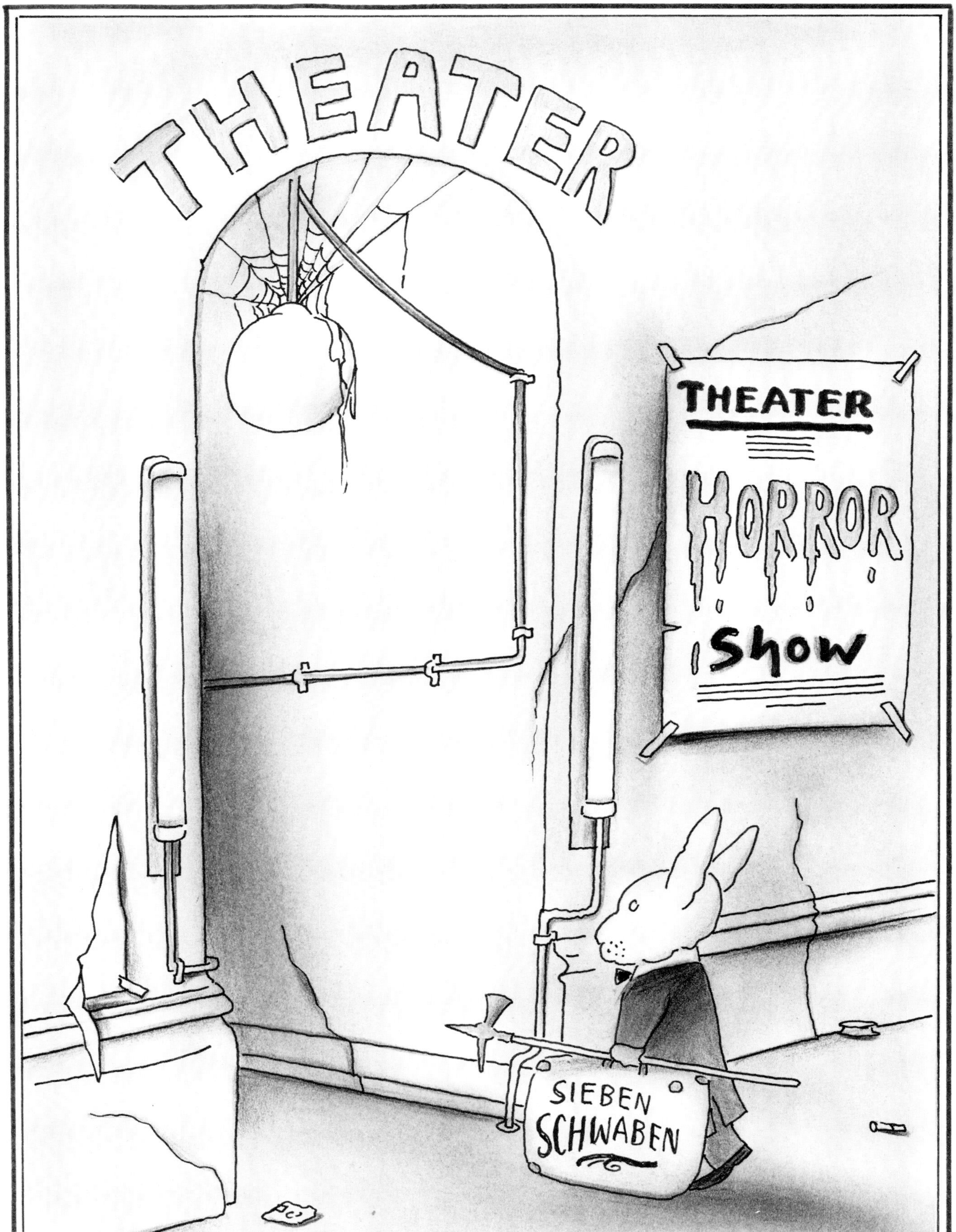
THEATER
THEATER
HORROR
Show
SIEBEN
SCHWABEN

DAS WASSER DES LEBENS

Es war einmal ein König, der war krank, und niemand glaubte, daß er mit dem Leben davonkäme. Er hatte aber drei Söhne, die waren darüber betrübt, gingen hinunter in den Schloßgarten und weinten. Da begegnete ihnen ein alter Mann, der fragte sie nach ihrem Kummer. Sie sagten ihm, ihr Vater wäre so krank, daß er wohl sterben würde; denn es wollte ihm nichts helfen. Da sprach der Alte: »Ich weiß noch ein Mittel, da ist das Wasser des Lebens; wenn er davon trinkt, so wird er wieder gesund: es ist aber schwer zu finden.«

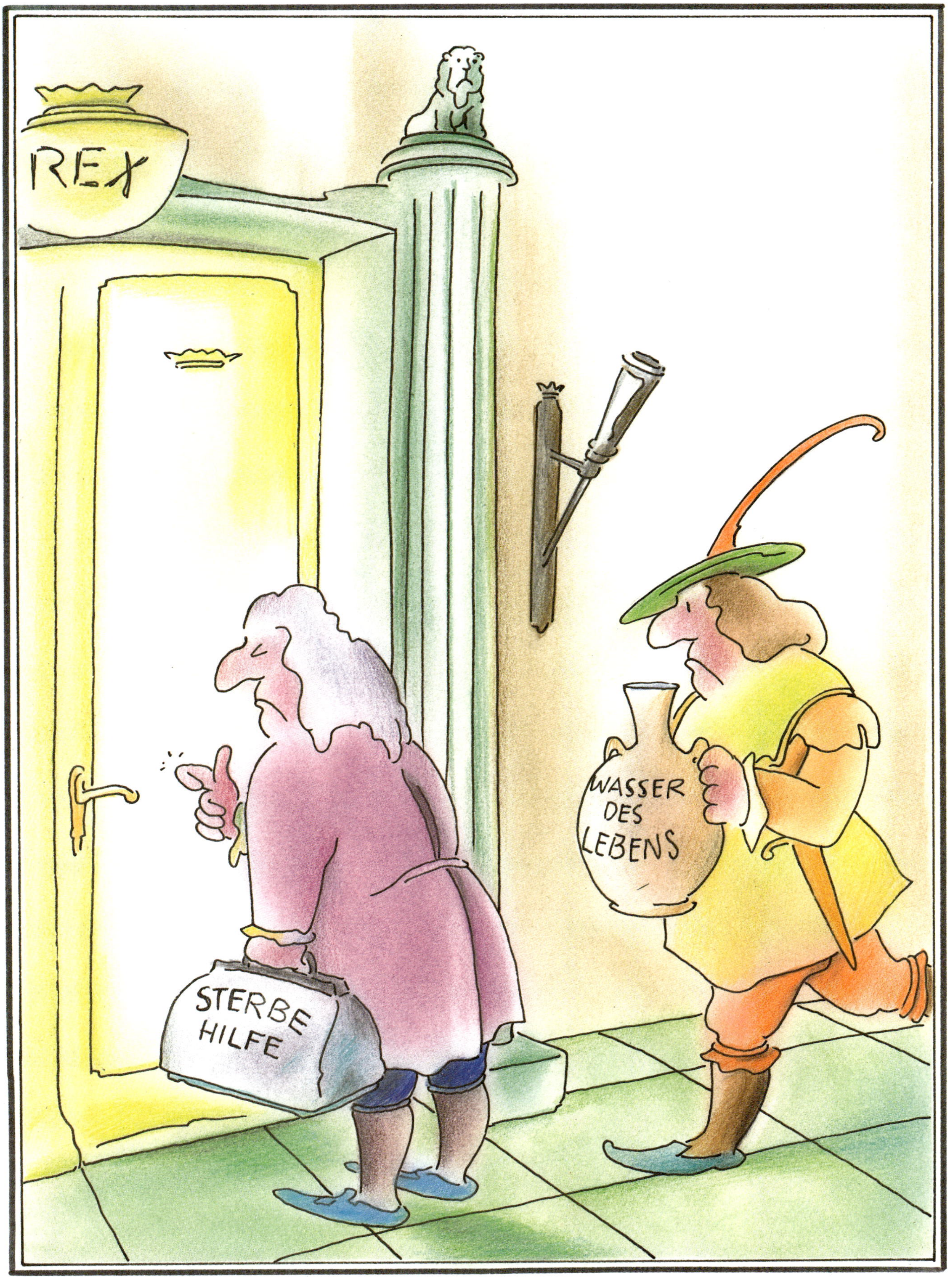
REX
WASSER DES LEBENS
STERBE HILFE

Die Wichtelmänner

Um Mitternacht kamen sie herangesprungen und wollten sich gleich an die Arbeit machen; als sie aber kein zugeschnittenes Leder, sondern die niedlichen Kleidungsstücke fanden, verwunderten sie sich erst, dann aber bezeigten sie eine gewaltige Freude. Mit der größten Geschwindigkeit zogen sie sich an, strichen die schönen Kleider am Leib und sangen:

»Sind wir nicht Knaben glatt und fein?
Was sollen wir länger Schuster sein!«

Dann hüpften und tanzten sie und sprangen über Stühle und Bänke. Endlich tanzten sie zur Türe hinaus. Von nun an kamen sie nicht wieder, dem Schuster aber ging es wohl, solang er lebte, und es glückte ihm alles, was er unternahm.

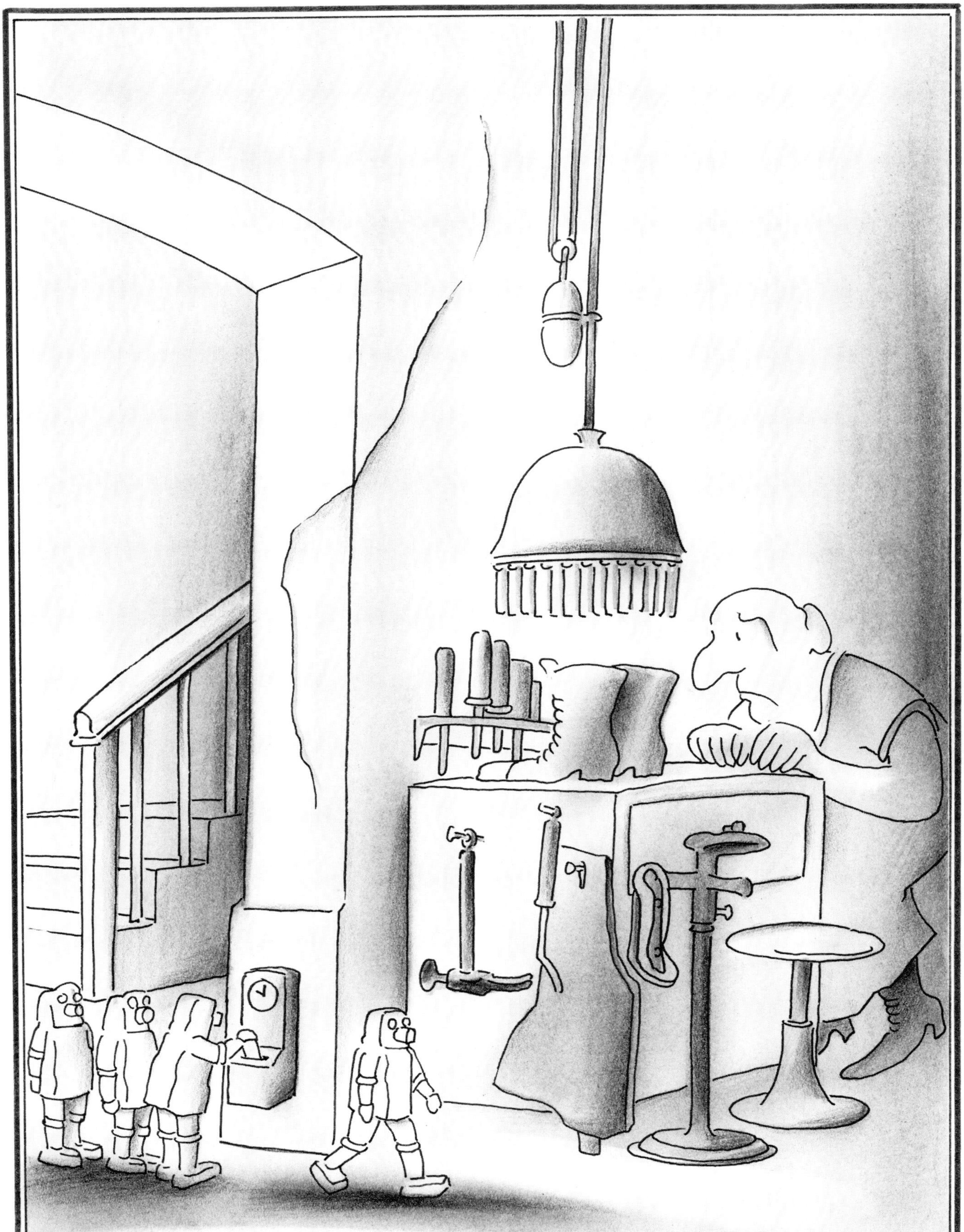

Die goldene Gans

Da setzten sie sich, und als der Dummling seinen Aschenkuchen herausholte, so war's ein feiner Eierkuchen, und das sauere Bier war ein guter Wein. Nun aßen und tranken sie, und danach sprach das Männlein: »Weil du ein gutes Herz hast und von dem Deinigen gerne mitteilst, so will ich dir Glück bescheren. Dort steht ein alter Baum, den hau ab, so wirst du in den Wurzeln etwas finden.« Darauf nahm das Männlein Abschied.
Der Dummling ging hin und hieb den Baum um, und wie er fiel, saß in den Wurzeln eine Gans, die hatte Federn von reinem Gold. Er hob sie heraus, nahm sie mit sich und ging in ein Wirtshaus, da wollte er übernachten.

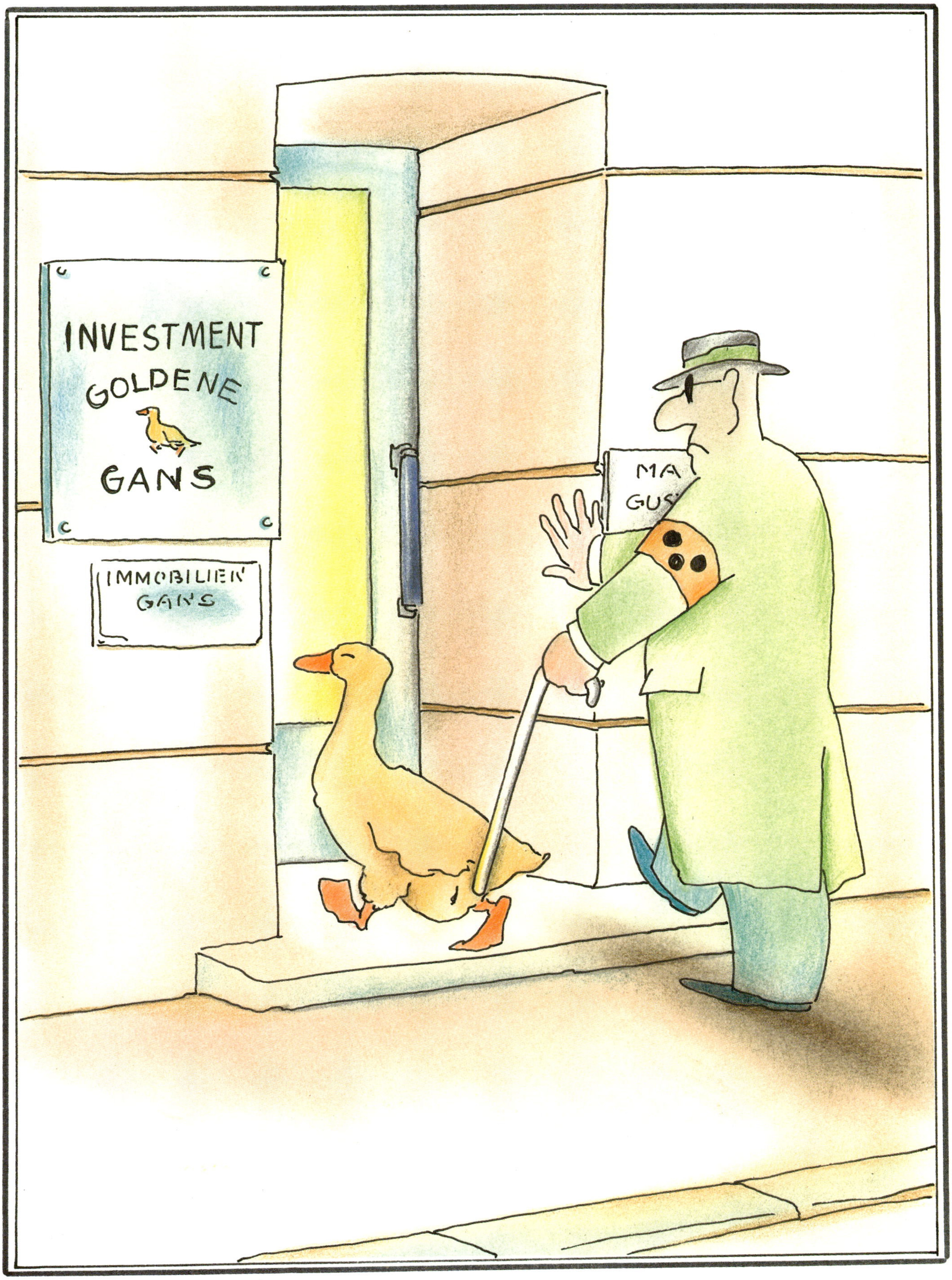
INVESTMENT
GOLDENE
GANS
IMMOBILIEN
GANS

Der Geist im Glas

»Du verscherzest dein Glück«, sprach der Geist, »ich will dir nichts tun, sondern dich reichlich belohnen.« Der Schüler dachte: »Ich will's wagen, vielleicht hält er Wort, und anhaben soll er mir doch nichts.« Da nahm er den Pfropfen ab, und der Geist stieg wie das vorige Mal heraus, dehnte sich auseinander und ward groß wie ein Riese. »Nun sollst du deinen Lohn haben«, sprach er und reichte dem Schüler einen kleinen Lappen, ganz wie ein Pflaster, und sagte: »Wenn du mit dem einen Ende eine Wunde bestreichst, so heilt sie: und wenn du mit dem andern Ende Stahl und Eisen bestreichst, so wird es in Silber verwandelt.« »Das muß ich erst versuchen«, sprach der Schüler, ging an einen Baum, ritzte die Rinde mit seiner Axt und bestrich sie mit dem einen Ende des Pflasters: alsbald schloß sie sich wieder zusammen und war geheilt. »Nun, es hat seine Richtigkeit«, sprach er zum Geist, »jetzt können wir uns trennen.« Der Geist dankte ihm für seine Erlösung, und der Schüler dankte dem Geist für sein Geschenk.

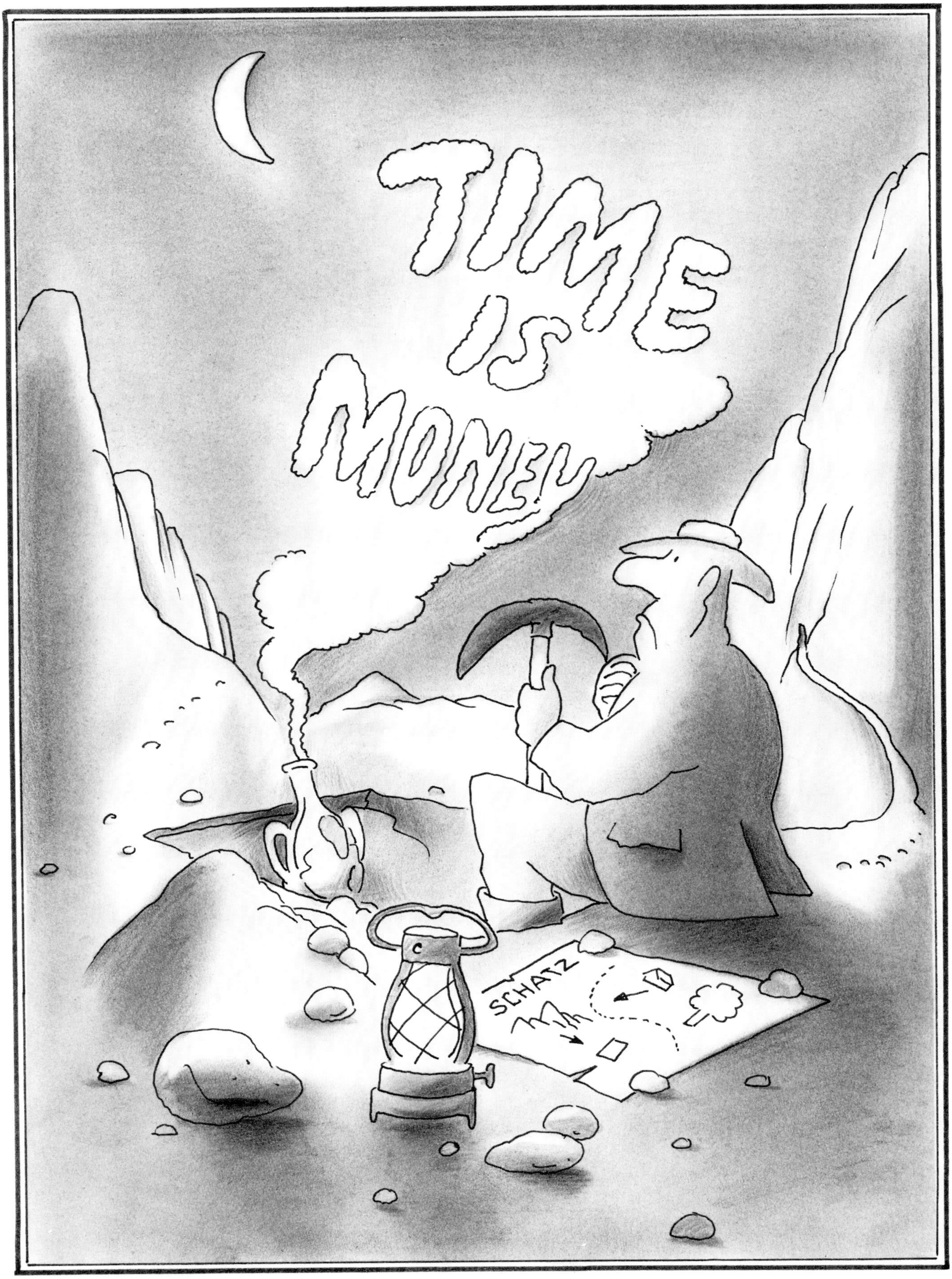
TIME IS MONEY
SCHATZ

Einäuglein, Zweiäuglein und Dreiäuglein

Es war eine Frau, die hatte drei Töchter, davon hieß die älteste *Einäuglein*, weil sie nur ein einziges Auge mitten auf der Stirn hatte, und die mittelste *Zweiäuglein*, weil sie zwei Augen hatte wie andere Menschen, und die jüngste *Dreiäuglein*, weil sie drei Augen hatte, und das dritte stand bei ihr gleichfalls mitten auf der Stirne. Darum aber, daß Zweiäuglein nicht anders aussah als andere Menschenkinder, konnten es die Schwestern und die Mutter nicht leiden. Sie sprachen zu ihm: »Du mit deinen zwei Augen bist nicht besser als das gemeine Volk, du gehörst nicht zu uns.« Sie stießen es herum und warfen ihm schlechte Kleider hin und gaben ihm nicht mehr zu essen, als was sie übrig ließen, und taten ihm Herzeleid an, wo sie nur konnten.

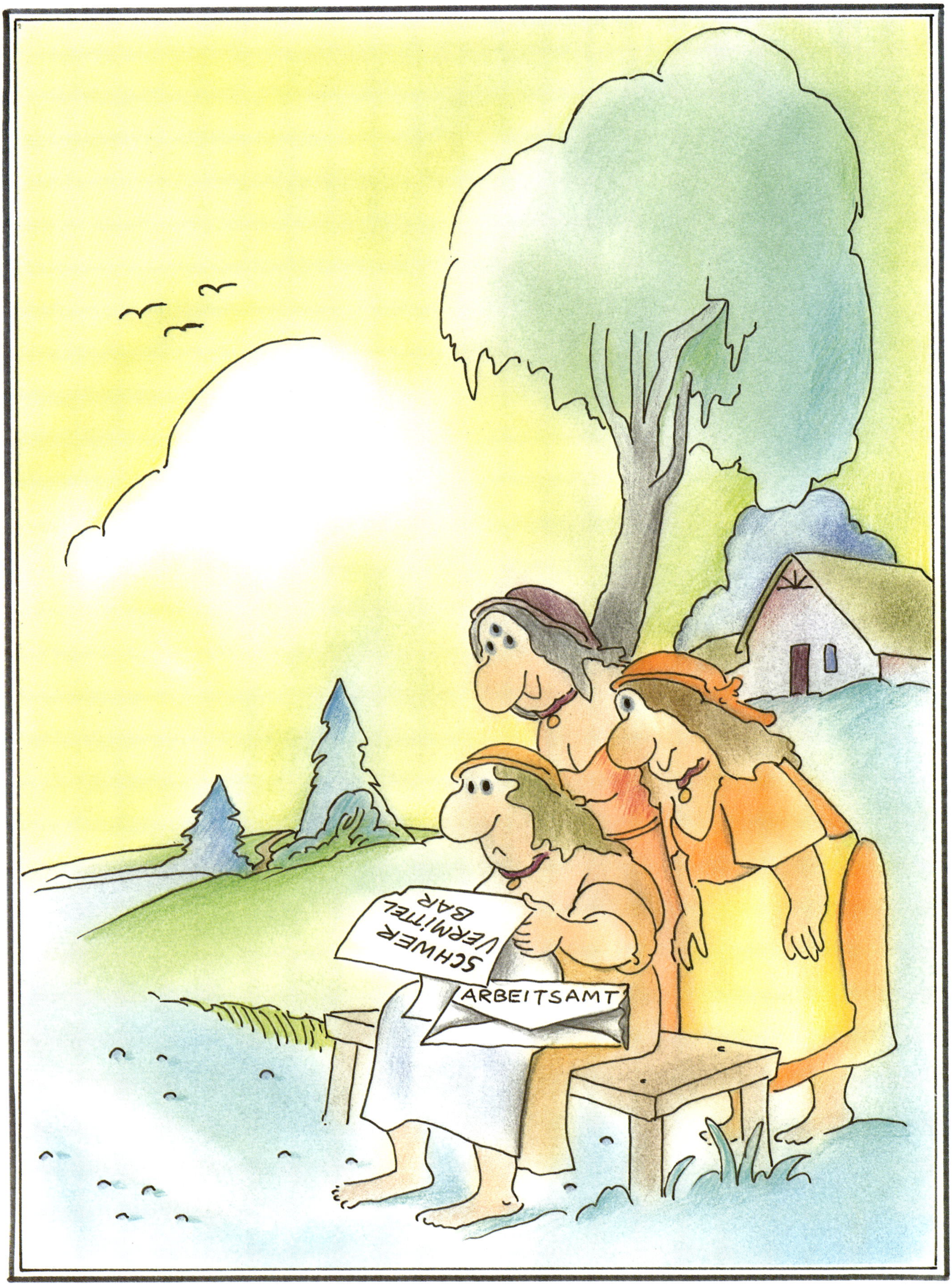
SCHWER VERMITTEL BAR
ARBEITSAMT

DER SÜSSE BREI

Auf eine Zeit war das Mädchen ausgegangen, da sprach die Mutter: »Töpfchen, koche«, da kocht es, und sie ißt sich satt; nun will sie, daß das Töpfchen wieder aufhören soll, aber sie weiß das Wort nicht. Also kocht es fort, und der Brei steigt über den Rand hinaus und kocht immerzu, die Küche und das ganze Haus voll, und das zweite Haus und dann die Straße, als wollt's die ganze Welt satt machen, und ist die größte Not, und kein Mensch weiß sich da zu helfen. Endlich, wie nur noch ein einziges Haus übrig ist, da kommt das Kind heim und spricht nur: »Töpfchen, steh«, da steht es und hört auf zu kochen; und wer wieder in die Stadt wollte, der mußte sich durchessen.

DER
SÜSSE
BREI

DOKTOR ALLWISSEND

Also blieb er noch ein Weilchen stehen und fragte endlich, ob er nicht auch könnte ein Doktor werden. »O ja«, sagte der Doktor, »das ist bald geschehen.« »Was muß ich tun?« fragte der Bauer. »Erstlich kauf dir ein Abc-Buch, so ist eins, wo vorn ein Göckelhahn drin ist; zweitens mache deinen Wagen und deine zwei Ochsen zu Geld und schaff dir damit Kleider an, und was sonst zur Doktorei gehört; drittens laß dir ein Schild malen mit den Worten: ›Ich bin der Doktor Allwissend‹, und laß das oben über deine Haustür nageln.« Der Bauer tat alles, wie's ihm geheißen war.

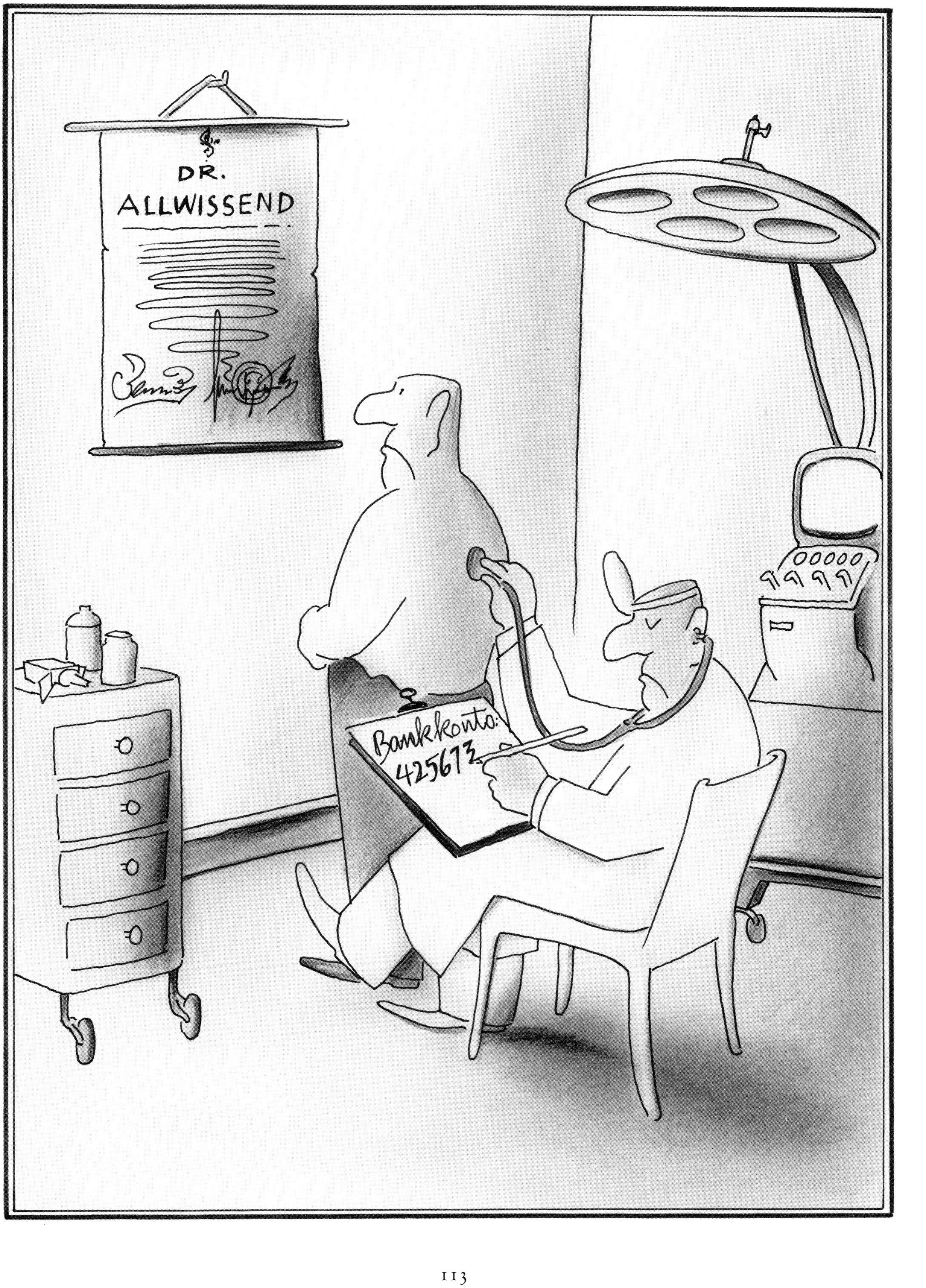
DR.
ALLWISSEND
Bankkonto:
425673

Das Lumpengesindel

Ein paar Stunden später machte sich erst der Wirt aus den Federn, wusch sich und wollte sich am Handtuch abtrocknen, da fuhr ihm die Stecknadel über das Gesicht und machte ihm einen roten Strich von einem Ohr zum andern: dann ging er in die Küche und wollte sich eine Pfeife anstecken, wie er aber an den Herd kam, sprangen ihm die Eierschalen in die Augen. »Heute morgen will mir alles an meinen Kopf«, sagte er und ließ sich verdrießlich auf seinen Großvaterstuhl nieder; aber geschwind fuhr er wieder in die Höhe und schrie: »Auweh!« denn die Nähnadel hatte ihn noch schlimmer und nicht in den Kopf gestochen. Nun war er vollends böse und hatte Verdacht auf die Gäste, die so spät gestern abend gekommen waren: und wie er ging und sich nach ihnen umsah, waren sie fort. Da tat er einen Schwur, kein Lumpengesindel mehr in sein Haus zu nehmen, das viel verzehrt, nichts bezahlt und zum Dank noch obendrein Schabernack treibt.

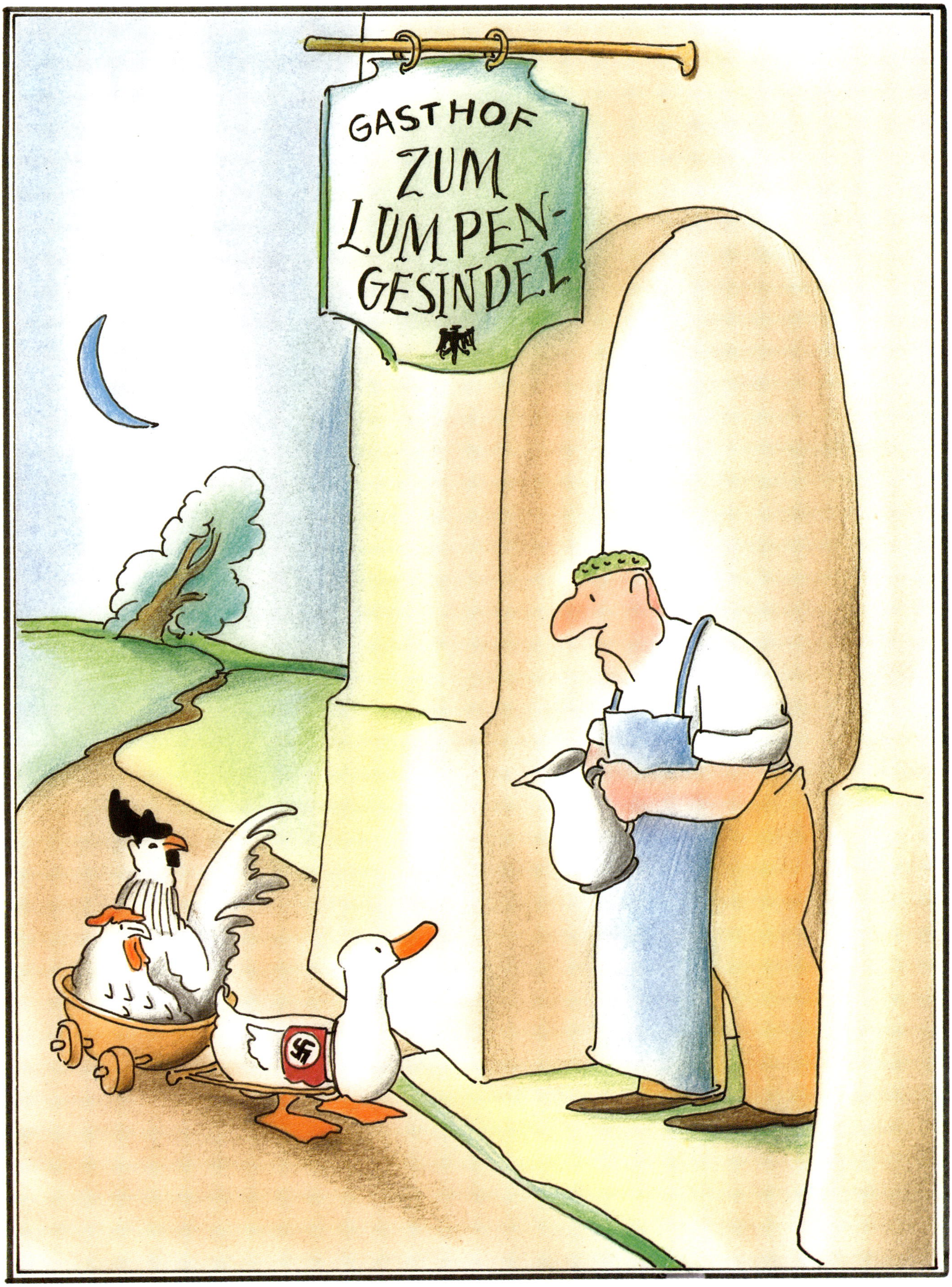
GASTHOF
ZUM
LUMPEN-
GESINDEL

MEISTER PFRIEM

Meister Pfriem war ein kleiner hagerer, aber lebhafter Mann, der keinen Augenblick Ruhe hatte. Sein Gesicht, aus dem nur die aufgestülpte Nase vorragte, war pockennarbig und leichenblaß, sein Haar grau und struppig, seine Augen klein, aber sie blitzten unaufhörlich rechts und links hin. Er bemerkte alles, tadelte alles, wußte alles besser und hatte in allem recht. Ging er auf der Straße, so ruderte er heftig mit beiden Armen, und einmal schlug er einem Mädchen, das Wasser trug, den Eimer so hoch in die Luft, daß er selbst davon begossen ward. »Schafskopf«, rief er ihr zu, indem er sich schüttelte, »konntest du nicht sehen, daß ich hinter dir herkam?« Seines Handwerks war er ein Schuster, und wenn er arbeitete, so fuhr er mit dem Draht so gewaltig aus, daß er jedem, der sich nicht weit genug in der Ferne hielt, die Faust in den Leib stieß.

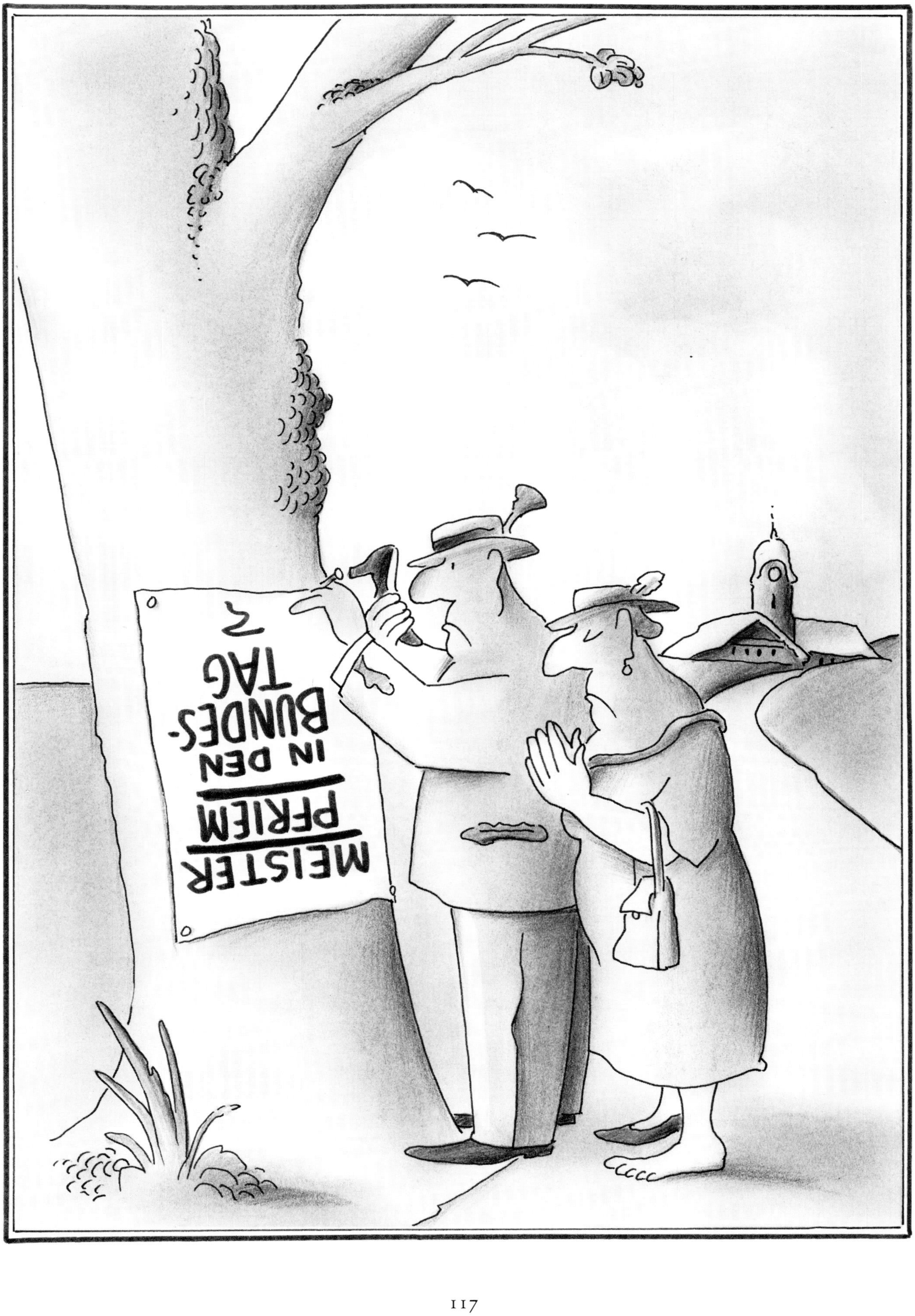
MEISTER
PFRIEM
IN DEN
BUNDES-
TAG
?

Die Rübe

Es waren einmal zwei Brüder, die dienten beide als Soldaten, und war der eine reich, der andere arm. Da wollte der Arme sich aus seiner Not helfen, zog den Soldatenrock aus und ward ein Bauer. Also grub und hackte er sein Stückchen Acker und säte Rübsamen. Der Same ging auf, und es wuchs da eine Rübe, die ward groß und stark und zusehends dicker und wollte gar nicht aufhören zu wachsen, so daß sie eine Fürstin aller Rüben heißen konnte; denn nimmer war so eine gesehen und wird auch nimmer wieder gesehen werden. Zuletzt war sie so groß, daß sie allein einen ganzen Wagen anfüllte und zwei Ochsen daran ziehen mußten, und der Bauer wußte nicht, was er damit anfangen sollte, und ob's sein Glück oder sein Unglück wäre. Endlich dachte er: »verkaufst du sie, was wirst du Großes dafür bekommen, und willst du sie selber essen, so tun die kleinen Rüben denselben Dienst: am besten ist, du bringst sie dem König und machst ihm eine Verehrung damit.«

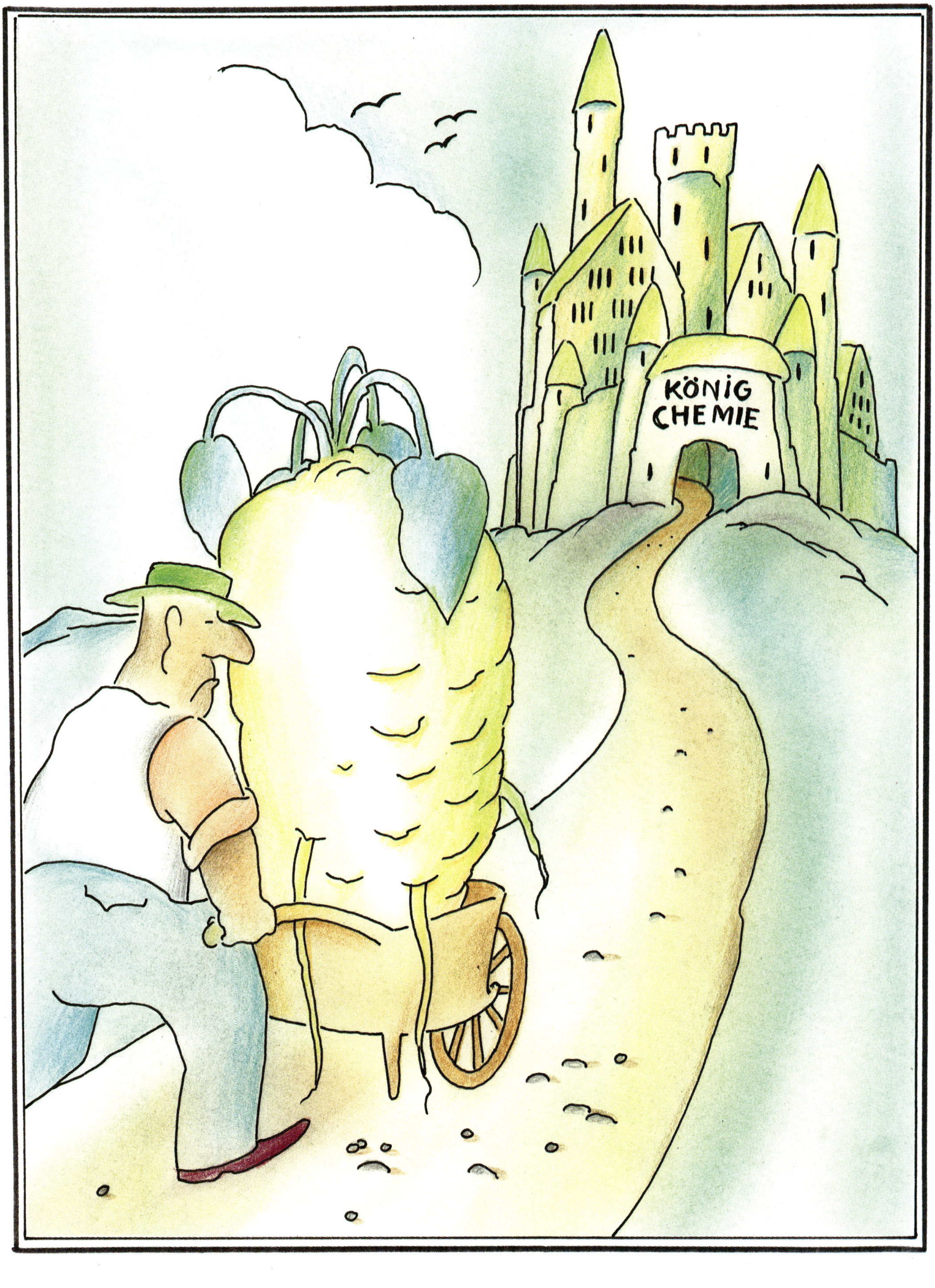
KÖNIG
CHEMIE

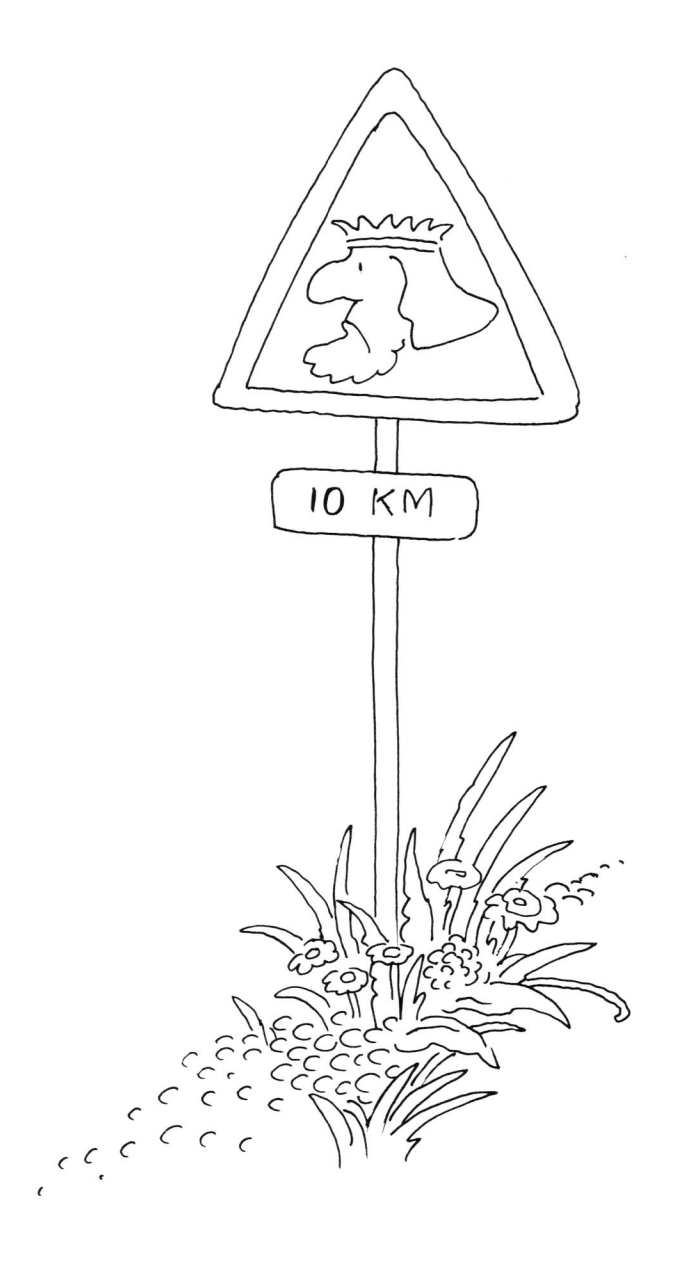

Der Froschkönig oder der eiserne Heinrich

Noch einmal und noch einmal krachte es auf dem Weg, und der Königssohn meinte immer, der Wagen bräche, und es waren doch nur die Bande, die vom Herzen des treuen Heinrich absprangen, weil sein Herr erlöst und glücklich war.

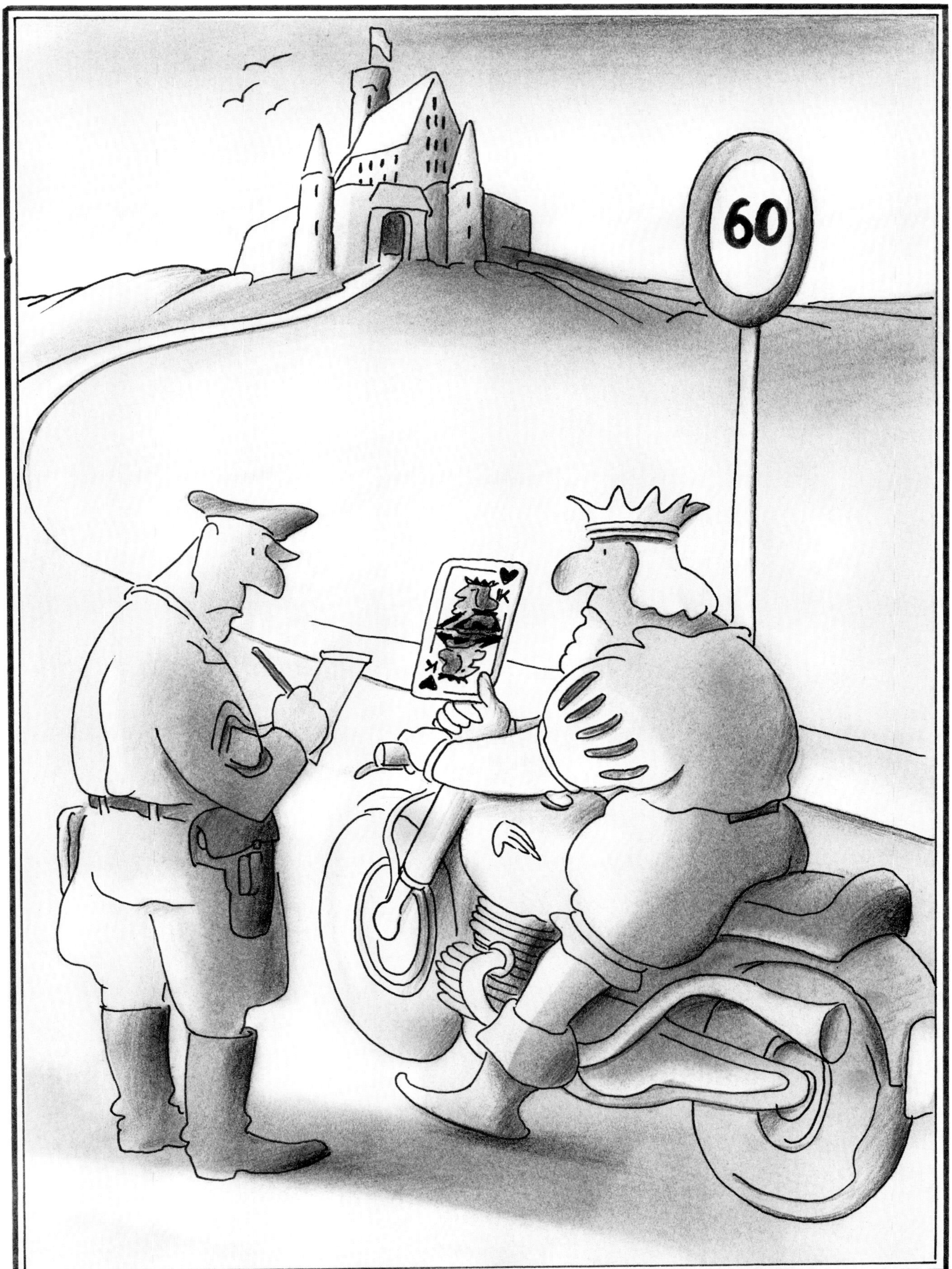
60

Jorinde und Joringel

Nun war einmal eine Jungfrau, die hieß Jorinde: sie war schöner als alle andere Mädchen. Die und dann ein gar schöner Jüngling, namens Joringel, hatten sich zusammen versprochen. Sie waren in den Brauttagen, und sie hatten ihr größtes Vergnügen eins am andern. Damit sie nun einsmalen vertraut zusammen reden könnten, gingen sie in den Wald spazieren. »Hüte dich«, sagte Joringel, »daß du nicht so nahe ans Schloß kommst.« Es war ein schöner Abend, die Sonne schien zwischen den Stämmen der Bäume hell ins dunkle Grün des Waldes, und die Turteltaube sang kläglich auf den alten Maibuchen.
Jorinde weinte zuweilen, setzte sich hin im Sonnenschein und klagte; Joringel klagte auch. Sie waren so bestürzt, als wenn sie hätten sterben sollen: sie sahen sich um, waren irre und wußten nicht, wohin sie nach Hause gehen sollten. Noch halb stand die Sonne über dem Berg, und halb war sie unter. Joringel sah durchs Gebüsch und sah die alte Mauer des Schlosses nah bei sich; er erschrak und wurde todbang. Jorinde sang:

>»Mein Vöglein mit dem Ringlein rot
>   singt Leide, Leide, Leide:
> Es singt dem Täubelein seinen Tod,
>   singt Leide, Lei – zucküth,
>   zicküth, zicküth.«
>   Joringel sah nach Jorinde.
>   Jorinde war in eine Nachtigall
>   verwandelt, die sang:
> »Zicküth, zicküth.«

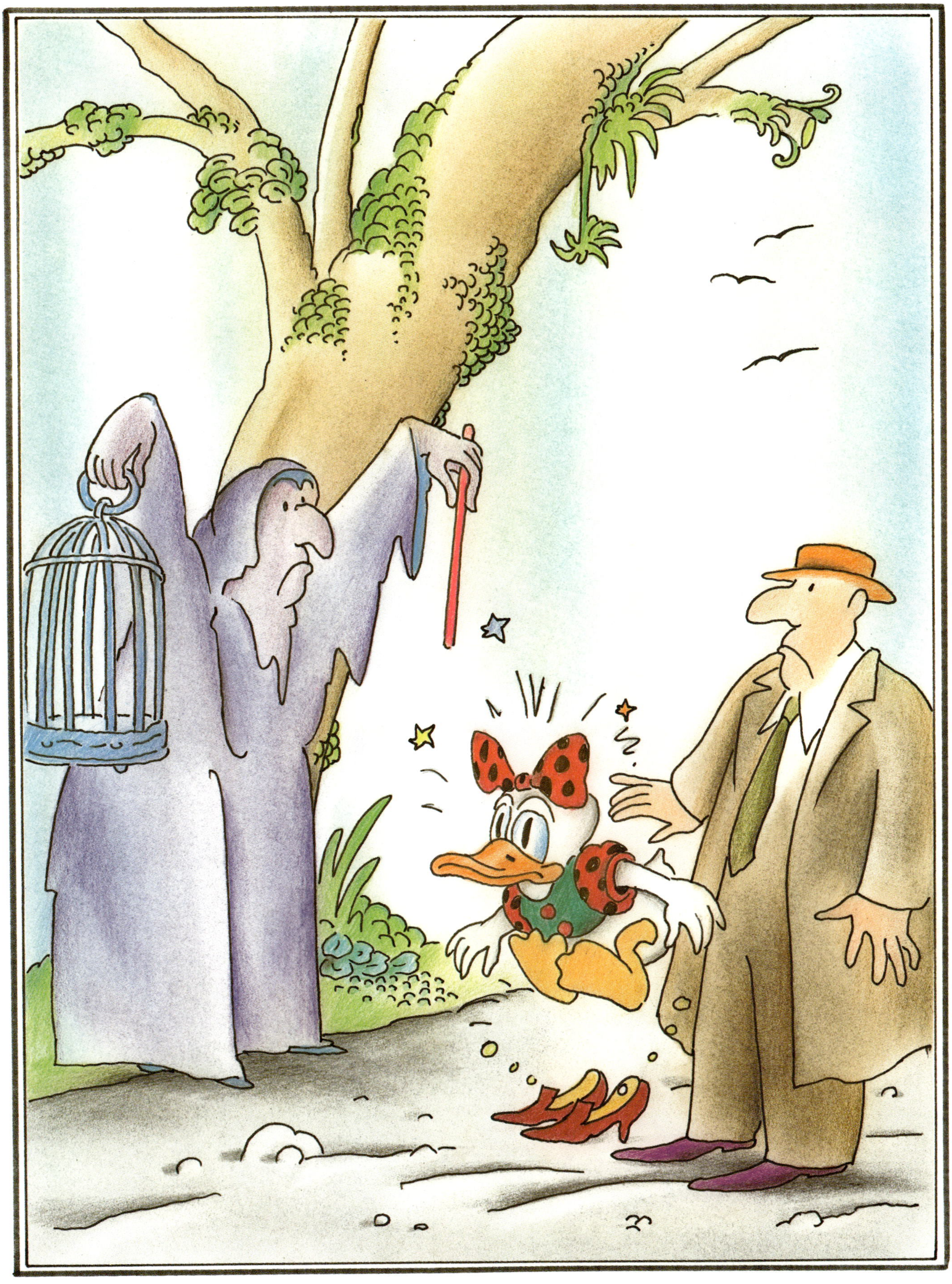

Die beiden Königskinder

Da sprach sie, nein, sie wollt's nicht verkaufen, doch wann sie ihr einerlei (ein Ding) wollte erlauben, so sollte sie's haben, nämlich eine Nacht in der Kammer ihres Bräutigams zu schlafen. Die Braut erlaubt' es ihr, weil das Kleid so schön war, und sie noch keins so hatte. Wie's nun Abend war, sagte sie zu ihrem Bräutigam: »Das närrische Mädchen will in deiner Kammer schlafen.« »Wenn du's zufrieden bist, bin ich's auch«, sprach er. Sie gab aber dem Mann ein Glas Wein, in das sie einen Schlaftrunk getan hatte. Also gingen beide in die Kammer schlafen, und er schlief so fest, daß sie ihn nicht erwecken konnte. Sie weinte die ganze Nacht und rief: »Ich habe dich erlöst aus dem wilden Wald und aus einem eisernen Ofen, ich habe dich gesucht und bin gegangen über einen gläsernen Berg, über drei schneidende Schwerter und über ein großes Wasser, ehe ich dich gefunden habe, und willst mich doch nicht hören.«

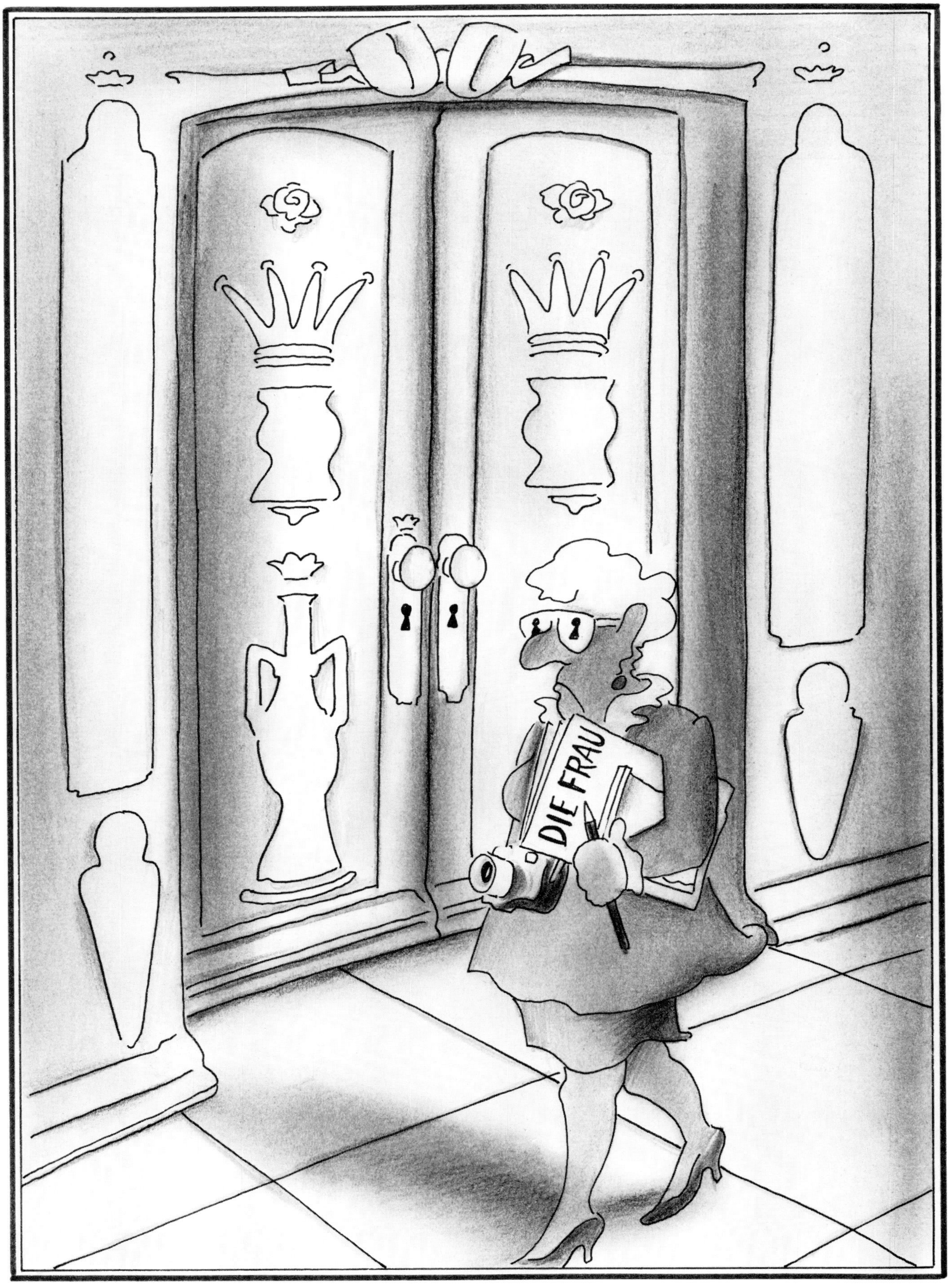
DIE FRAU

DRUCKEREI

UND
WENN SIE
NICHT GESTORBEN
SIND
DANN LEBEN
SIE
NOCH HEUTE NOCH